AF346203

Sylvain Gasc

Un monde sans nuages

« (…) j'ai dit souvent que tout le malheur des hommes vient d'une
seule chose, qui est de ne savoir pas demeurer en repos dans
une chambre. (…) »

Pensées
Blaise Pascal

« Pour que les hommes, tant qu'ils sont des hommes,
se laissent assujettir, il faut de deux choses l'une :
ou qu'ils y soient contraints,
ou qu'ils soient trompés. »

Discours de la servitude volontaire
Etienne de la Boétie

Partie 1

Mathieu

Quelques notes de piano résonnaient dans la pénombre d'une petite chambre parisienne. Il était sept heures trente du matin et le réveil d'un téléphone venait de se déclencher. Les yeux encore fermés, Mathieu tendit une main vers sa table de chevet. A l'évidence, sa nuit l'avait emmené à l'autre bout de son lit. Il se souleva, retomba quelques centimètres plus loin et attrapa son téléphone. D'un seul doigt rompu à l'exercice, il éteignit l'alarme, désactiva le mode avion et positionna l'écran face à son visage. Après quelques secondes d'attente, la sentence tomba. Accès refusé.

L'obscurité dissimulait ses traits et brouillait la reconnaissance faciale de l'appareil, bien incapable de reconnaître ses boucles ébène tombantes, son petit nez rebondi et ses yeux noisette.

« Ça marche une fois sur deux ce truc » se dit-il, un brin agacé que sa routine matinale bien rôdée soit si tôt perturbée. Il déverrouilla son téléphone manuellement et lança une playlist aléatoire avant de renfouir une partie de son visage dans un oreiller. Comme chaque matin, Mathieu attendit que la quatrième musique se termine, puis quitta son lit.

A partir de là, tout s'effectuait en pilotage automatique. Douche, six minutes. Petit-déjeuner, onze minutes.

Habillage, cinq minutes. Trajet en direction du métro, huit minutes. Sans même s'en rendre compte, Mathieu était déjà assis dans une rame et plongé dans les méandres d'Instagram.

Il regardait avec attention une photo de Louise, sa nouvelle collègue, qui avait rejoint sa société quelques mois auparavant. Elle posait, tout sourire, les lèvres blanchies par le froid, devant un gobelet translucide fumant, à travers lequel Mathieu devina la présence de vin rouge. Un casque en plastique dissimulait la majeure partie de ses cheveux, mais quelques mèches blondes dépassaient des côtés. Un peu plus bas, les contours de ses yeux grands ouverts, moins colorés que le reste de son visage, faisait ressortir la noirceur de ses iris. Elle avait fixé l'objectif au moment de la photo et Mathieu avait maintenant l'impression qu'elle le regardait.

« Qu'est-ce qu'elle est belle. Ça lui réussit la montagne. » pensa-t-il, des étoiles plein les yeux. Il hésita un instant, rétracta son doigt à plusieurs reprises, puis finit par déposer un petit cœur en tapotant sur son visage. Ce geste, pourtant banal, accéléra son rythme cardiaque et lui noua l'estomac. C'était la première fois qu'il manifestait publiquement de l'intérêt pour l'une de ses photos. Qu'allait-elle en penser ? Il savait très bien qu'elle venait de recevoir une notification. Peut-être même l'avait-elle déjà consultée. Mais ils se connaissaient à peine. Ne risquait-elle pas de trouver ce « like » un peu prématuré ? Mathieu déglutit. S'il continuait à imaginer la réaction de Louise et les conséquences de ce petit cœur irréfléchi, il allait s'angoisser tout le trajet. Pour ne plus y penser, il passa d'un doigt à une autre section de l'application et, à peine avait-il touché l'écran, qu'une vidéo se lança.

Il s'agissait d'une publicité. Des gens dansaient et riaient sur une plage, cocktails à la main. Dans la description, une phrase poussait au téléchargement :

« Tame, rejoins tes amis », précédée d'un logo rose en forme de « T ».

« Un énième réseau social » se dit Mathieu en faisant glisser la vidéo vers le haut pour s'en débarrasser. Mais alors qu'elle s'apprêtait à sortir de son champ de vision, il remarqua la mention « aimé par Louise ». Son doigt s'arrêta net. Cette application lui paraissait soudainement beaucoup plus intéressante. Si Louise l'avait installée, peut-être pourraient-ils en parler à la pause déjeuner ? Ce serait là une belle manière d'engager la conversation. Sans réfléchir davantage, Mathieu la téléchargea, remplit un court formulaire d'inscription et autorisa une série d'accès aux données de son téléphone. Le logo rose en forme de « T » apparut de nouveau à l'écran et l'application se referma sans indiquer quoi que ce soit d'autre. Mathieu retenta plusieurs fois de l'ouvrir, mais n'y parvenait plus. Dès qu'il essayait de la lancer, le logo apparaissait quelques secondes, puis l'application se refermait.

« C'était bien la peine de remplir tout ça », se dit-il, un brin agacé d'avoir perdu son précieux temps pour un produit bugué. La rame de métro ralentit et l'inscription « Saint-Philippe-Du-Roule » se dévoila derrière la vitre. Il n'avait plus le temps de retourner sur Instagram. Les portes s'ouvrirent, il rangea son téléphone dans une poche et sortit rue de la Boétie. La banque qui l'employait n'était plus qu'à quelques mètres.

Alors qu'il s'apprêtait à entrer dans le hall, une voix l'alpagua dans son dos. C'était son collègue et ami Thibault, qui arrivait au même moment. Le jeune homme était habillé à peu près de la même manière que lui, avec un ensemble à la fois élégant et décontracté. Ils étaient aussi bruns l'un que l'autre, mais en dehors de ce point commun, tout les opposait. Thibault portait une barbe touffue qui lui allongeait le visage, mesurait un bon mètre quatre-vingt-quinze et avait une silhouette athlétique. En comparaison, Mathieu était quasiment imberbe et d'une corpulence tout à fait moyenne.

- C'était cool vendredi, dit Mathieu pour lancer la conversation.

- Le pot de départ de Clarisse ? Ah oui c'était vraiment sympa. Tu as parlé à Louise d'ailleurs, non ? lança Thibault, un sourire en coin.

Mathieu rosit au niveau des pommettes.

- Euh oui, à peine, bredouilla-t-il. On a discuté un peu du travail. Je lui ai parlé de notre présentation de demain. Tu es prêt d'ailleurs ? embraya-t-il pour changer de sujet.

- Je suis toujours prêt ! Et toi ? Pas trop stressé ?

- Si bien sûr, tu me connais. J'y pense tous les soirs depuis une semaine.

- Ne te mets pas martel en tête, tout va bien se passer. La présentation est prête et on a toute la journée pour s'entrainer.

Malgré les mots rassurants de Thibault, Mathieu était anxieux. Il consacra la matinée à apprendre son texte, puis tout l'après-midi à le répéter. Consciencieux, sa journée de travail s'acheva bien tard et lorsqu'il arriva chez lui, la nuit était déjà tombée. Son cerveau était en ébullition, jonglant en permanence entre des images Louise et le texte de sa présentation. Vers minuit, après avoir mené une longue lutte pour trouver le sommeil, son téléphone s'alluma sans qu'il ne le remarque. Le logo rose en forme de « T » de l'application Tame apparut quelques secondes à l'écran, puis la chambre replongea dans l'obscurité.

Le lendemain matin, Mathieu se réveilla en sursaut avec une bonne demi-heure d'avance sur son réveil. Un étrange rêve l'avait maintenu en tension toute la nuit. Il se leva, un peu perturbé, et partit se doucher sans musique. L'eau chaude, qui coulait sur ses cheveux et ruisselait sur sa peau, raviva les détails de ce rêve d'une réalité si saisissante, qu'il en gardait un souvenir anormalement précis.

« Qu'est-ce que c'était que ce truc ? » se demanda-t-il en se le remémorant.

L'étrange rêve avait commencé d'une manière assez banale, par un mince filet de lumière qui dépassait de ses rideaux. Comme à son habitude, Mathieu tendit un bras vers sa table de chevet, mais ne parvint pas à attraper son téléphone. Il se redressa, alluma sa lampe de chevet et le chercha du regard. Son fidèle compagnon n'était pas là. Il se leva d'un bond, regarda sous son lit, dans ses draps et fit le tour de son appartement. L'objet demeurait introuvable. En son absence, il n'avait aucune idée de l'heure qu'il était et, toujours à mille lieues d'imaginer qu'il était en train de rêver, s'angoissa d'arriver en retard à sa présentation du matin. Il décida donc de limiter sa routine à l'essentiel.

Il se précipita dans sa douche et attrapa le pain de savon posé dans un renfoncement. A peine avait-il commencé sa toilette, qu'il s'immobilisa net. Qu'avait-il à son poignet ? Une montre ? Mais ce n'était pas la sienne. Intrigué, il l'observa avec attention. L'objet était entièrement doré. Le cadran se composait d'une douzaine de rouages apparents imbriqués et un minuscule orifice, qui ressemblait à une serrure, remplaçait le chiffre six. En dehors de ces deux particularités, la montre paraissait tout à fait ordinaire. A ceci près qu'elle indiquait minuit quinze et que Mathieu ne savait pas pourquoi elle se trouvait à son poignet. Il essaya de l'enlever, mais le fermoir refusait de s'ouvrir.

« Mais d'où peut bien provenir cette drôle de montre ? »
se demanda-t-il, sans pousser plus loin sa réflexion.
Craignant toujours d'être en retard, il ne pouvait pas s'y
attarder et se hâta de terminer sa toilette.

En sortant de la douche, il tourna les yeux vers son miroir.
Son visage lui apparaissait comme raffermi, exempt de toute
ridule ou imperfection. Ses cernes avaient disparu, son teint
était moins terne qu'à l'accoutumée et ses dents paraissaient
plus blanches. Même ses cheveux, qui laissaient
normalement entrevoir deux petits golfs naissants,
semblaient s'être étoffés.

« J'ai une sacrée bonne mine ce matin, on dirait que je
fais cinq ans de moins. » Il se palpa le torse, plus musclé que
jamais, et chercha à attraper ses poignées d'amour qui
avaient elles aussi disparu.

« Et ça paye de faire attention à ce que je mange ! Je n'ai
jamais été aussi bien dessiné. » Enjoué par son reflet, il sauta
l'étape du petit déjeuner, s'habilla en vitesse et descendit
l'escalier de son immeuble en trombe jusqu'à sa cour
intérieure. Dès qu'il ouvrit la porte, une forte luminosité
l'éblouit et une vague de chaleur l'enveloppa. Il leva le
regard, une main sur le front pour se protéger les yeux, et
découvrit que le ciel, derrière quelques nuages épars,
affichait une étonnante couleur rose pâle.

« Cette journée commence décidément d'une manière
bien surprenante », se dit-il, toujours convaincu d'être dans
la réalité.

Il avait déjà entendu parler de phénomènes capables de
modifier l'aspect du ciel, mais n'avait jamais rien vu de la
sorte depuis qu'il vivait à Paris.

« C'est peut-être une aurore boréale ? Ce n'est pourtant ni
le lieu, ni la saison, ni la bonne couleur. Et que dire de cette

forte chaleur, alors qu'on est en plein hiver ? Si c'est à cause du réchauffement climatique, on est vraiment mal barrés. »

Mathieu se remémora un documentaire sur les ouragans et leur capacité à altérer la diffusion de la lumière. Dans certains cas, le ciel pouvait alors prendre une jolie coloration rose-violet semblable à celle qu'il avait sous les yeux.

« Non ça ne peut pas être ça, je suis à Paris tout de même », se dit-il pour rationaliser ce qu'il voyait.

Comme il n'avait toujours aucune idée de l'heure qu'il était, Mathieu se remit en route et sortit de son immeuble. A première vue, rien d'anormal n'était cette fois-ci à signaler. Le mobilier urbain n'avait pas bougé, l'abribus flambant neuf attendait ses premiers visiteurs de la journée, l'imposant dispositif de travaux installé il y a quelques mois encombrait toujours la moitié de la rue et le vent soufflait dans le feuillage d'arbres disposés en rangs d'oignons le long de façades haussmanniennes. Seule anomalie notable, la rue était déserte. Il n'y avait pas un chat à l'horizon. La scène était d'autant plus surprenante que Mathieu vivait dans un quartier très animé, plus habitué aux cris et aux klaxons qu'à ce calme olympien.

De plus en plus perplexe, mais toujours pressé par le temps, il prit la direction du métro et passa devant un supermarché qui semblait ouvert. Il jeta un rapide coup d'œil à l'intérieur et s'y engouffra dans l'espoir de trouver quelqu'un qui pourrait lui donner l'heure.

« Si je suis en retard, il faudra que je prenne un taxi. » se dit-il en vérifiant qu'il avait bien pris son porte-monnaie. Il arpenta les premiers rayons d'un pas rapide, passa devant l'étal de fruits et légumes, le stand de produits estampillés bio et les congélateurs remplis de surgelés. Le magasin était désert. Ni employé, ni client, pas même un agent de sécurité.

« Il y a quelqu'un ? » cria-t-il d'un ton ferme. Aucune réponse. Il poursuivit son exploration du magasin au milieu des produits secs, des produits de nettoyage et des boissons, avant d'arriver devant les caisses, encombrées par des caddies sans propriétaires remplis d'articles. Revenu à l'entrée, et alors qu'il s'apprêtait à quitter les lieux, il se retrouva soudainement face à une jeune femme.

Elle avait un long nez fin, une épaisse chevelure blonde qui lui tombait sur les épaules, un grand chapeau à plumes colorées et des yeux bleu océan. Elle s'avança dans sa direction d'un pas lent et gracieux, puis passa à son niveau sans le lâcher du regard. Lorsqu'elle lui tourna le dos en le dépassant, l'attention de Mathieu se reporta sur sa tenue. Elle était vêtue d'une longue robe rouge échancrée et portait des ballerines blanches qui lui faisaient de tout petits pieds. Dans sa main gauche, un panier en osier contenait une bouteille de champagne et une baguette de pain. A son poignet, une montre dorée similaire à la sienne réverbérait l'éclairage artificiel du magasin.

Alors qu'elle s'apprêtait à sortir, Mathieu se ressaisit et prononça un discret « excusez-moi ». La femme s'arrêta net et se retourna vers lui.

- Oui ? répondit-elle d'une voix cristalline, en le fixant de nouveau dans les yeux.

Deux pandas sur un vélo

Les questions se bousculaient dans son esprit. Pourquoi le ciel était-il rose ? Pourquoi faisait-il si chaud ? Pourquoi était-elle la seule cliente de ce magasin et où diable tout le monde était-il passé ? En fin de compte, Mathieu lui posa la seule question qui comptait vraiment à ce moment-là, à savoir l'heure qu'il était.

- Une heure du matin, répondit la jeune femme sans sourciller, après avoir jeté un coup d'œil à sa montre.

- Ça m'étonnerait, il fait complètement jour et …

L'inconnue avait déjà tourné les talons et était sortie du magasin. Pris de court, Mathieu se précipita après elle.

- Attendez ! lui cria-t-il. Où allez-vous ? Où tout le monde est-il passé ?

Il regarda les trois rues qui lui faisaient face. C'était trop tard. Elle avait disparu dans l'une d'entre elles. Il s'enfonça dans la plus proche, pensant que pour avoir disparu si rapidement, c'était celle qu'elle avait dû emprunter. Il courut aussi vite que possible, mais une fois arrivé de l'autre côté, il se retrouva confronté à deux nouvelles possibilités. Rien ne lui indiquait la direction qu'elle avait pu prendre. L'espoir s'amenuisait, mais il s'engouffra tout de même dans l'une des deux rues. Une fois arrivé au bout de celle-ci, il comprit que c'était peine perdue. Les chances de la retrouver se réduisaient drastiquement à chaque nouvelle direction empruntée.

Autour de lui, tous les commerces semblaient également ouverts. Et pourtant, il n'avait toujours croisé personne en dehors de cette inconnue. Quelque chose ne tournait décidément pas rond. Que s'était-il passé pendant la nuit ? Il pénétra dans un bistrot et remarqua que toutes les tables étaient dressées. Encore plus surprenant, les plats dans les assiettes étaient entamés et les verres à moitié remplis. Sur le comptoir, deux tasses Richard semblaient attendre leur propriétaire. Il saisit l'une d'elle et huma le liquide marron avant de le porter à ses lèvres. Le café était froid. Il renouvela l'expérience avec l'assiette la plus proche, un bout de bavette surmontée de persil et d'origan ciselés qui baignait dans son jus. Le résultat était le même. Les plats semblaient avoir été servis depuis un moment et mystérieusement abandonnés par leur propriétaire. Autour des tables, certaines chaises étaient même recouvertes de manteaux ou servaient de support à sacoches. Comme si les gens s'étaient enfuis dans la précipitation en laissant leurs effets personnels derrière eux.

Mathieu se mit de nouveau à cogiter sur ces phénomènes qui s'accumulaient et, en les associant entre eux, une explication lui vint à l'esprit. Une catastrophe chimique avait eu lieu, la ville avait été évacuée et il s'était réveillé trop tard pour partir avec les autres. Cette théorie expliquait la couleur du ciel, la chaleur anormale et la présence de cette femme qui pillait un supermarché. Il devait donc s'enfuir à son tour sans tarder. Il sortit du bistrot en trombe, mais s'arrêta net au bout de quelques mètres. Une forme indistincte approchait au loin.

- Arrêtez-vous ! cria-t-il à plusieurs reprises en agitant les bras au milieu de la route.

Les contours d'une silhouette commençaient à se dessiner. Il plissa les yeux, mais ne parvint pas à identifier ce dont il s'agissait. Les proportions et la vitesse de l'individu ne ressemblaient en tout cas pas à celles d'un homme.

A force de se rapprocher, l'image finit par se préciser. Ce n'était pas un être humain. Mais plutôt un animal. A première vue, il s'agissait d'un ours. Un ours sur un vélo rouge, affublé d'une veste, d'un pantalon de costume et d'un petit sac banane rose pâle qui lui barrait le torse.

Le deux-roues ralentit et la bête s'arrêta à quelques mètres de lui. Ses pattes noires et poilues laissaient entrevoir la pilosité abondante du reste de son corps, dissimulée par ses vêtements. En comparaison, le vélo semblait ridiculement petit et Mathieu se demanda comment cet animal parvenait à le chevaucher sans qu'il ne ploie sous son poids.

Sa grosse tête blanche, tout aussi poilue que le reste, était engoncée dans un casque d'aviateur trop petit, qui lui compressait le crâne et donnait à son visage la forme d'une poire. Deux oreilles touffues dépassaient de chaque côté et Mathieu remarqua, derrière le verre teinté de ses lunettes Ray-Ban, deux petites billes sombres entourées de noir qui le fixaient. Il ne s'agissait en réalité pas d'un ours, mais d'un panda géant.

Un vent contraire se mit à souffler et courba les poils drus de la bête, charriant des effluves fétides jusqu'aux narines de Mathieu. Ce rêve reproduisait si bien ses cinq sens, que rien, malgré l'absurde de la situation, ne pouvait laisser planer le moindre doute sur le caractère réel de ce qu'il vivait.

Alors qu'il était déjà abasourdi par la scène, un deuxième casque d'aviateur surgit de l'épaule gauche de l'animal. Un nouveau panda, roux et bien plus petit, fit son apparition. La boule de poils grimpa sur son acolyte et se redressa avant d'adresser la parole à Mathieu.

- Tu tombes bien, on te cherchait. Que fais-tu en plein milieu de la route ? Mon ami a la vue d'une taupe, heureusement que j'ai senti ton odeur, sinon on te rentrait dedans.

Mathieu resta sans voix. Il faisait face à deux pandas sur un vélo, dans Paris, l'un lui adressant la parole et l'autre le toisant d'un air bougon. Le petit panda était vêtu de la même manière que le premier, à un détail près. Une cravate était grossièrement nouée autour de son cou.

Mathieu s'approcha d'un pas peu assuré et tendit la main en direction du gros panda pour le caresser. Dès qu'il effleura son poil épais, l'animal lui grogna dessus si fort que son haleine nauséabonde le fit vaciller.

Le panda roux, toujours dans l'attente d'une réponse à sa question, descendit de son perchoir et s'approcha de Mathieu. Avec son demi-mètre de hauteur, son casque trop grand pour lui, ses yeux bleus et sa longue queue rousse zébrée, il était l'opposé du gros panda.

Le cerveau de Mathieu fulminait. La catastrophe chimique avait-elle transformé les habitants de Paris en animaux ? Évidemment que non, ça ne faisait aucun sens. La panique le gagna et une autre théorie émergea de son esprit. Il était juste devenu fou. Complètement fou. Il avait développé un trouble schizophrénique qui expliquait ces visions fantasques.

- Il faut m'emmener à l'hôpital, cria-t-il au panda roux, trahissant l'inquiétude croissante qui montait en lui. Je crois que j'ai des hallucinations, je vous vois tous les deux … comme si vous étiez des pandas !

- C'est plutôt normal, puisque nous sommes des pandas, répondit l'animal d'un air rigolard. Ne t'en fais pas, tout le monde est un peu déboussolé la première fois qu'il atterrit ici. Tu nous excuseras de t'avoir laissé si longtemps tout seul, mais la personne qui devait t'accueillir a eu un empêchement.

Le gros panda se mit à grogner de nouveau.

- Arrêtez de vous foutre de moi ! s'énerva Mathieu qui commençait à transpirer tant il se sentait oppressé par la situation. Qu'est-ce qu'il se passe ici ? Le ciel est rose, il fait au moins vingt-cinq degrés alors qu'on est en plein hiver et il n'y a personne dans les rues !

- Nous ne sommes pas personne ! répondit le panda roux en affichant un air exagérément outré. Et quel problème y a-t-il avec le ciel ? Tu n'aimes pas le rose ?

- Ce n'est pas que je n'aime pas le rose, c'est juste que le ciel n'est pas censé être de cette couleur. Est-ce qu'il y a eu une sorte de catastrophe industrielle pour qu'il soit comme ça ? reprit Mathieu en revenant sur sa théorie initiale. Non j'hallucine complètement c'est tout. Il faut que je me calme et que j'aille voir un médecin.

Mathieu se parlait maintenant à lui-même, perturbé face à cette situation qui lui échappait complètement.

- Je ne crois pas, lui répondit le panda roux, un peu interloqué. Il ne s'est rien passé de la sorte non ? demanda-t-il au gros panda qui hocha la tête de gauche à droite pour toute réponse. Rien d'inhabituel, poursuivit-t-il, le ciel est aussi rose que d'habitude, la température est agréable, je ne vois pas de raison de s'en plaindre. Et il n'y a personne parce que tout le monde est à la soirée de Zack. Si tu veux voir du monde, tu peux venir avec nous, c'est un peu plus haut, dans la basilique du Sacré-Cœur. Il y a toujours beaucoup de participants et du gâteau pour tous.

Ce n'est qu'à ce moment-là, face à cet enchainement d'informations toujours plus incohérentes les unes que les autres, que Mathieu se dit qu'il était en train de rêver. Tout lui paraissait pourtant si réel. Il ressentait chaque texture, sentait chaque odeur et entendait chaque son comme s'il était réveillé. Il était bien incapable de détecter la moindre différence entre ce qu'il voyait et la réalité.

- J'ai compris ! Je rêve c'est ça ? demanda-t-il au panda roux, d'un ton plus calme. Et tu n'es qu'une représentation de mon subconscient.

- C'est une vaste question que tu me poses là, répondit le panda roux en affichant un air pensif. Qu'est-ce qu'un rêve déjà ? Il te faut définir les termes avant d'aborder ce type de sujet.

- Qu'est-ce que je suis bête, j'aurais dû m'en douter dès l'instant où je me suis vu dans le miroir, dit-il avec une pointe de déception dans la voix.

- Oh je te rassure, tu n'es pas bête ! Peut-être en deviendras-tu une avec le temps, mais nous n'en sommes pas encore là.

Face au manque de cohérence constant du panda roux, Mathieu choisit de l'ignorer et ferma les yeux en pensant très fort à se réveiller. Après une longue minute d'attente, il rouvrit l'œil droit et constata que le panda roux le fixait toujours. Il se pinça la main gauche, ce qui lui fit mal sans pour autant le ramener dans son lit. Face à l'impossibilité de se réveiller, il angoissa de nouveau. Et s'il était victime d'une paralysie du sommeil ?

- Je veux me réveiller ! hurla-t-il en boucle devant le regard médusé du panda roux.

- Ne te mets pas martel en tête, lui lança l'animal d'un ton peu naturel, comme s'il récitait un texte appris par cœur.

L'animal jeta des coups d'œil inquiets à son congénère, puis après quelques instants d'hésitation, finit par ajouter d'une voix maussade.

- Si c'est vraiment ce que tu veux, il n'y a rien de plus simple. Tu vois la petite couronne sur ta montre, c'est un mécanisme d'urgence pour se réveiller plus tôt. Tire-la délicatement vers l'extérieur …

Le panda roux continuait à parler mais Mathieu s'exécuta sur le champ sans lui prêter davantage d'attention. Cette image de lui en train de tirer sur la couronne fut la dernière dont il se souvint avant de se réveiller dans son lit.

La présentation

Après s'être remémoré ce rêve étrange, Mathieu sortit de sa douche et partit prendre son petit déjeuner. Ce n'était pas la première fois qu'il se retrouvait confronté aux malices de son subconscient. La nuit le plongeait souvent dans des situations improbables, voire totalement impossibles. Protagoniste d'une nuit d'histoires qui le tenaient en haleine jusqu'au petit matin, comme happé dans un film dont il était le héros. Parmi tous les rêves qu'il avait déjà faits dans sa vie, l'un d'eux l'avait particulièrement marqué quelques années auparavant. En avalant son petit déjeuner, il se le remémora à son tour.

Cette nuit-là, Mathieu s'était retrouvé dans la peau d'un chevalier qui défendait l'accès à un château fort, assailli par des milliers d'hommes portant le visage de son patron de l'époque. Au-delà du bâtiment, il s'était rendu compte qu'il protégeait en réalité sa famille et ses amis réfugiés dans la cour intérieure. Mais ses proches disparurent les uns après les autres et il se retrouva rapidement seul, défendant un château en ruines face à des ennemis toujours plus nombreux.

Quelques secondes plus tard, il n'était plus un chevalier et ne se trouvait plus dans le château. Il avait pris la forme d'un vieillard, assis à un bureau, qui appuyait frénétiquement sur la touche entrée de son clavier. Il était seul, avec pour unique compagnie celle de son patron, qui le regardait avec condescendance en lui répétant « Tu es ma chose ! ».

A l'époque, dès qu'il s'était réveillé, Mathieu avait pris rendez-vous chez sa psychologue. Un mois plus tard il avait démissionné et trouvé un nouvel emploi plus aligné avec ses attentes. Depuis ce jour, il prêtait une attention toute particulière à chacun de ses rêves. D'après sa psychologue, il s'agissait de messages envoyés par son subconscient pour lui faire prendre conscience de ses angoisses et ses désirs profonds. Il s'agissait donc de ne pas les prendre à la légère.

Mathieu termina son petit déjeuner, s'habilla en vitesse et prit la direction du métro. Son esprit tout entier était dédié à l'analyse du rêve qu'il venait de faire. Que représentait la fuite de cette femme avec son chapeau ? Une allégorie de ses tentatives d'approche avec Louise ? Et que penser de ces deux étranges pandas ? Était-ce le reflet du binôme qu'il formait avec Thibault ? Un grand costaud et un petit malin qui avançaient ensemble sur un frêle vélo rouge, aussi instable que le projet sur lequel ils travaillaient ? Et ces rues désertes ? Ce ciel rose ? Cette drôle de montre ? Comment un rêve si farfelu avait-il pu le mettre dans un tel état ? La présentation de ce matin l'angoissait peut-être plus qu'il ne l'imaginait. Ou alors y avait-il quelque chose de plus profond qu'il ne saisissait pas encore.

Ces multiples questions resteraient pour l'heure sans réponse. Il était monté dans la rame et avait lancé une partie d'échecs sur son téléphone, qui accaparait maintenant toute son attention.

Vers la fin du trajet, alors qu'il ne lui restait plus qu'une station avant d'arriver, « maman » apparut en haut de l'écran. Ses parents s'étaient installés à Bali pour leur retraite depuis plusieurs mois et il ne les avait pas revus depuis leur départ. Son téléphone se mit à vibrer en continu et une salve de photos défila sous ses yeux. Toiture tressée, murs en bambous, cocotiers, mangrove géante, statues en pierre, … Mathieu se retrouva transporté dans un univers paradisiaque.

« On s'appelle ce soir ? » lui demanda sa mère par message. Il répondit par l'affirmative et descendit rapidement du métro qui venait de s'arrêter.

Les paysages de Bali le faisaient rêver. Il aurait bien aimé y rejoindre ses parents quelque temps, mais c'était pour l'heure impossible. Il n'avait pas suffisamment de congés disponibles et devrait en plus obtenir l'accord d'Éric, son responsable, pour partir trois semaines en vacances à l'autre bout du monde.

A mesure qu'il approchait de son bureau, les images envoyées par sa mère s'effacèrent progressivement de son esprit et le texte de sa présentation revint au centre de ses préoccupations. Une fois à son étage, il s'isola dans une salle de réunion et le répéta une dernière fois.

« Ce plan de communication vise à redorer l'image de notre banque, écornée par nos récents investissements dans les énergies fossiles. L'objectif de ce projet est sans *ambrages*. »

Mathieu s'interrompit.

« Ambages, ambages, ambages » répéta-t-il trois fois de suite pour s'assurer de ne plus se tromper.

« C'est bien la peine d'employer des expressions sophistiquées si c'est pour buter dessus », s'agaça-t-il avant de recommencer une nouvelle fois.

« L'objectif de ce projet est sans ambages. Il faut faire oublier les indignations du passé à travers une campagne de communication efficace… ».

Mathieu s'interrompit. Thibault venait d'entrer dans la pièce en ouvrant la porte avec fracas.

- Bien dormi ? Prêt pour le grand show ? lui lança-t-il plein d'entrain.

- J'ai connu nuit plus reposante.

- Tu vas assurer, j'en suis sûr !

Thibault était toujours extrêmement enthousiaste et, à l'inverse de Mathieu, ne montrait jamais aucun signe de stress. Ils répétèrent une dernière fois leur texte ensemble, puis retrouvèrent Éric avec deux autres collègues dans le couloir qui faisait face à la salle de conférence.

La porte qui y menait s'ouvrit peu de temps après leur arrivée et l'assistante du président, droite comme un piquet, se dévoila dans le dormant. La jeune femme, en mini-jupe et talons hauts, leur indiqua que le comité exécutif était prêt à les recevoir. Ils la suivirent docilement et pénétrèrent dans une grande salle sombre aux dimensions démesurées. La pièce ne possédait qu'un seul aménagement, un long bureau gris qui surplombait l'espace à la manière d'un tribunal. Face à eux, treize bustes, à moitié dissimulés par des ordinateurs, parlaient entre eux sans leur prêter la moindre attention. L'ambiance générale était glaciale et déstabilisa Mathieu, ce que Thibault remarqua immédiatement à la teinte rubiconde prise par son visage.

- Lequel est Judas d'après toi ? lui chuchota-t-il discrètement pour tenter de le faire rire.

- Je crois qu'ils en ont tous l'étoffe, répondit Mathieu, faisant passer ses joues du cramoisi au rosé.

D'un coup d'un seul, tout le monde se tut et le président, placé au centre de cette drôle de Cène, leur lança un laconique « on vous écoute ». Éric s'avança d'un pas sûr et prit la parole.

- Bonjour à tous et merci de nous accorder du temps pour vous présenter notre projet. Notre équipe est composée de moi, Éric, responsable de …

Mathieu, perdu dans ses pensées, ne l'écoutait déjà plus. Il intervenait en deuxième position, juste après Éric. Ce qui en soit n'était pas si mal, même s'il aurait préféré parler en premier. Chaque seconde qui s'écoulait le rendait davantage nerveux. Et s'il bafouillait ? Ou butait sur un mot ?

« Ambages, ambages, ambages » se répéta-t-il dans sa tête.

- Mathieu, qui vous présentera nos propositions …

Mathieu sursauta en entendant son nom. Mais ce n'était qu'Éric qui continuait sa présentation de l'équipe. Ce n'était pas encore à son tour de parler. Pris dans un tourbillon de pensées négatives et s'imaginant le pire, ses pommettes repassèrent progressivement au rouge vif. Puis sa bouche devint pâteuse et son cœur se mit à accélérer.

« Ça y est, c'est foutu. Je vais me planter. » La gêne se lisait à présent sur son visage. Il ne pouvait plus rien y faire.

« Ils me regardent tous. Tout le monde voit que je suis mal à l'aise. »

Soudain, le silence se fit. L'intervention d'Éric était terminée et la parole appartenait maintenant à Mathieu. Il prit une grande inspiration par le nez et se lança. A sa grande surprise, ses premières phrases s'enchaînèrent sans accroc. Son cœur ralentit, son teint retrouva une couleur moins criarde et il reprit confiance en lui.

« Ce plan de communication vise à redorer l'image de notre banque, écornée par nos récents investissements dans les énergies fossiles. L'objectif de ce projet est sans ambages. Il faut faire oublier les indignations du passé à travers une campagne de communication efficace. » Il avait passé le mot de tous les dangers, plus rien ne pouvait l'arrêter.

« Voici les différentes pistes que nous vous proposons … » poursuivit-il en faisant apparaître la diapositive suivante :

- Renforcer l'image de proximité de notre banque auprès de nos clients
- Mettre en avant notre solidité et notre résistance face aux crises à venir
- Ou faire davantage connaître notre engagement auprès des acteurs impliqués dans la transformation énergétique.

Les pontes de la société, qui écoutaient d'une oreille distraite derrière leur ordinateur, allaient devoir sélectionner l'une de ces trois propositions, afin d'en faire l'axe directeur de leur plan de communication. Mathieu aborda chacune d'elles en quelques mots, puis laissa la parole à Thibault et à ses deux autres collègues pour approfondir les concepts. Soulagé, il expira discrètement. Tout s'était bien passé.

Lorsque la présentation prit fin, les treize eurent de longs débats et, après deux heures d'échanges, le président finit par sélectionner la troisième proposition liée à l'environnement. Le projet prévoyait la création de vingt-trois contenus publicitaires, chacun mettant en scène le témoignage d'un client engagé dans la transition énergétique. Par la suite, l'équipe de Mathieu organiserait une grande consultation auprès des neuf cent mille clients de la banque. L'objectif affiché était d'obtenir une majorité favorable à la fin des investissements dans les énergies fossiles. Ainsi, personne ne pourrait venir leur reprocher quoi que ce soit et ils pourraient même s'enorgueillir de respecter la volonté de leurs clients.

Enfin, un nouveau slogan percutant : « La planète a besoin de vous », serait matraqué pendant des semaines à la télévision, puis sur les réseaux sociaux, avant d'atterrir sur des panneaux publicitaires aux abords de grands axes routiers.

- Excellent ! s'enthousiasma le président. Cette nouvelle image devrait à la fois nous inscrire dans la modernité et faire oublier nos récentes affaires.

- En revanche, vous nous tournerez la consultation différemment, lança le directeur financier d'un ton ferme. Il est évidemment hors de question que tout ça débouche sur l'arrêt de nos investissements dans les énergies fossiles. Je ne comprends même pas que vous ayez envisagé cette possibilité. Vous savez combien ça nous rapporte ? Vous orienterez les questions de la consultation pour obtenir des réponses qui vont dans ce sens. Et si ça ne suffit pas, nous adapterons les résultats.

Le visage d'Éric s'empourpra à son tour et une grosse goutte de sueur apparut au milieu de son front.

- Je suis aligné, ajouta le président. On peut très bien communiquer sur les arbres qui cachent la forêt sans la faire disparaître. Il suffit d'insister sur le bon pour occulter le moins bon. Ne prenez pas l'opinion publique pour plus intelligente qu'elle n'est.

La réunion s'acheva sur cette suite de maximes un peu creuses et tout le monde sortit de la pièce. Mathieu aurait aimé leur dire qu'ils faisaient fausse route et que cette décision dénaturait complètement leur projet. Déjà d'un point de vue moral, mais également d'un point de vue stratégique. Duper les gens fonctionnerait très certainement à court terme, mais tôt ou tard, la vérité éclaterait au grand jour et entacherait de nouveau l'image de la banque. En n'agissant pas maintenant, ils contribuaient à aggraver les problèmes environnementaux, lesquels, comme un boomerang, leur reviendraient en pleine tête d'ici quelques décennies. Mais qui se projetait aussi loin ? Sûrement pas cette brochette de crânes dégarnis qui dépassaient tous la soixantaine.

Mathieu était déçu mais résigné. Il n'allait de toute façon pas risquer sa future promotion en remettant la décision de son président en cause. D'autant plus qu'il adorait ce travail et était très content que sa présentation se soit bien passée. C'était l'aboutissement de nombreux efforts et la perspective de plusieurs mois très stimulants à venir, puisqu'en plus de la conception du projet, son équipe avait la charge d'en exécuter les différentes parties.

La réunion avait duré toute la matinée et l'heure du déjeuner était déjà arrivée. C'était pour Mathieu l'occasion de retrouver quelques collègues autour d'un plat à emporter. Comme tous les lundis, ils se rendirent chez Cojean, fast-food haut de gamme pour cadres supérieurs pressés. Ce jour-là, son choix s'arrêta sur une barquette de crevettes bio, sur son lit de riz complet bio, accompagné de champignons de Paris bio, d'une sauce panang bio et de quelques edamame bio. Pour le dessert, il choisit un smoothie bio, à base d'épinards bio, de mangue bio, d'ananas bio, de gingembre bio et de pomme bio. Une petite Badoit bio de 33cl vint compléter le tout pour la modique somme de 25,20€. Il savait que tout le monde trouvait ces prix trop élevés, mais personne autour de lui ne disait jamais rien. C'était là une grande partie de l'intérêt d'un travail visant à rendre une banque plus riche. Dans son domaine, les profits ruisselaient suffisamment pour permettre à chacun d'affirmer son statut social en achetant des produits à un prix pourtant prohibitif.

Le petit groupe revint au bureau avec ses sachets en papier recyclé et s'installa à table. Autour de Mathieu se trouvaient une dizaine de personnes, dont Thibault et Louise qui les avait rejoints peu de temps après.

- Qu'est-ce que tu manges ? demanda-t-il à Louise.

Elle avait sorti une petite boite marron.

- Une salade de pâtes que je me suis préparée hier. Avec des tomates et du poulet.

- Ça a l'air super bon ! s'extasia Mathieu en simulant un regard empreint d'envie.

- Tu as vu le dernier épisode qui est sorti hier ? lança une autre collègue à Mathieu, en faisant référence à une série Netflix qu'ils regardaient tous les deux.

Mathieu se sentit obligé de lui répondre et Louise se mit à parler avec quelqu'un d'autre.

- Ce n'est quand même pas normal qu'on soit encore en chemise alors qu'on est en plein janvier, entendit-il sur sa gauche, de la part d'un jeune homme qui s'adressait à Thibault.

- Ah ça ! Y'a vraiment plus de saisons, répondit ce dernier en imitant la voix d'une petite mamie.

- … Et tu n'étais pas là quand Sandrine a pété un câble sur Jean-Michel de la compta ? demanda Thibault en s'adressant à son tour à Mathieu.

- Non, qu'est-ce qu'il s'est passé ?

- Alors. Déjà, les trois protagonistes, commença-t-il comme s'il posait le décor d'une pièce de théâtre. Jean-Michel, tu le connais, toujours très lourd avec ses collègues, « ES », dit-il en mimant des crochets avec ses doigts, comme si le mot « collègue » ne prenait pas de « E » au masculin. Sandrine du service client, qui est au même étage que lui. Et un agent de sécurité, j'ai oublié son prénom, obligé d'intervenir pour calmer les deux énergumènes.

- Comment ça intervenir ? Qu'est-ce qu'il s'est passé ?

- Apparemment, elle lui aurait jeté un verre d'eau à la figure en plein open space !

Les yeux de Mathieu s'écarquillèrent.

- Et on sait pourquoi elle a fait ça ? demanda-t-il, pris d'une soudaine curiosité pour ces personnes qu'il connaissait à peine.

- Pas encore ! Ça s'est passé pendant notre présentation de ce matin, mais je vais me renseigner, répondit Thibault en caressant sa barbe à la manière d'un détective.

Tous les éléments semblaient réunis pour passionner les foules, à l'affût du moindre divertissement croustillant susceptible de pimenter une journée de travail autrement ordinaire. Happé par les différentes discussions plus ou moins intéressantes qui se croisaient autour de lui, Mathieu n'eut pas de nouvelle occasion de discuter avec Louise. Lorsque tout le monde eut fini de manger, il quitta la table en même temps que ses collègues, un peu déçu de lui avoir si peu parlé.

« J'aurais dû ajouter quelque chose au sujet de ses pâtes pour relancer la conversation » se désola-t-il intérieurement.

Le reste de l'après-midi passa sans que rien de notable ne se produise. Éric lui avait demandé de réaliser la moitié des interviews du projet et il travailla à leur organisation. De temps à autre, il jetait quelques coups d'œil discrets à Louise, assise deux rangées devant lui, en espérant qu'elle se lève pour simuler une rencontre fortuite au détour d'un couloir. Mais à son grand désespoir, elle resta vissée sur sa chaise jusqu'à la fin de la journée.

Vers dix-neuf heures trente, alors qu'il rangeait ses affaires, il réalisa qu'il avait oublié d'appeler ses parents. Trop concentré sur son travail, et peut-être un peu distrait par la chevelure de Louise qui ondulait dès qu'elle se passait sa main dans ses cheveux, il ne s'en rappela que trop tard. La nuit était bien entamée à Bali et ses parents devaient déjà dormir depuis un moment. Il se créa un rappel dans son agenda pour être sûr d'y penser le lendemain et partit rejoindre Thibault, attablé avec une dizaine de collègues dans leur bistrot habituel.

A sa grande surprise, Louise était avec eux. Il aurait aimé s'assoir à côté d'elle, mais Thibault lui avait gardé une place à l'autre bout de la table. Grâce à l'alcool qui coulait à flots, l'ambiance était bien moins formelle qu'à la pause déjeuner et Thibault relança la conversation sur ce que tout le monde appelait désormais « le Jean-mi gate ».

- On t'attendait Mathieu, j'ai eu des infos, lança-t-il, extatique, le torse presque allongé sur la table, comme s'il s'apprêtait à révéler la cachette du Saint Graal.

- Eh bien dis-nous ! s'enthousiasmèrent plusieurs voix en chœur.

La tablée ressemblait à un troupeau de hyènes, les yeux écarquillés, le nez remonté et la salive aux lèvres, prêtes à dévorer le juteux potin. Thibault ménagea quelque peu son auditoire en le survolant du regard et finit par lâcher ce qu'il avait appris.

- Il a mis une main aux fesses à Sandrine pendant qu'elle faisait des photocopies ! dit-il d'une voix à mi-chemin entre le chuchotement et l'exclamation.

- C'est pas vrai ! s'écria Mathieu, les yeux et la bouche grands ouverts.

Plusieurs onomatopées de surprise s'élevèrent en même temps autour de la table.

- Aussi vrai que je m'appelle Thibault, répondit-il, et du coup elle l'attaque pour harcèlement sexuel.

Une deuxième vague de « oh », de « ah » et de « han » s'envola.

- Elle a bien raison, c'est scandaleux, tonna une jeune femme assise à côté de Louise, d'une voix chevrotante qui trahissait un niveau d'alcoolémie déjà important.

- Et je ne vous ai pas tout dit ! ajouta Thibault, l'air très fier de lui.

- Quoi d'autre ? s'exclamèrent de nouveau plusieurs personnes.

- En retour, Jean-Michel l'attaque pour harcèlement moral !

Toute la tablée resta bouche bée.

- Mais ça ne fait aucun sens ! lança Mathieu.

- En vrai, il n'a pas tout à fait tort Jean-Michel, vous avez vu les décolletés qu'elle porte ? Voir ça toute la journée, c'est aussi une forme de harcèlement, lança un jeune homme d'une vingtaine d'années en rigolant, avant de se rappeler qu'il était entouré par ses collègues.

Tout le monde se regarda un instant, sans rien dire, puis la femme alcoolisée finit par briser le silence.

- Pardon ? Tu penses vraiment ce que tu viens de dire ? s'emporta-t-elle en beuglant.

Une bonne partie de la tablée ayant déjà bien bu, la conversation s'envenima en quelques secondes. Les noms d'oiseaux fusèrent et le groupe se scinda en deux, entre les pro-Sandrine et les pro-Jean-Michel. Louise, qui ne voulait prendre part à aucun parti, vint s'assoir à l'autre bout de la table pour y échapper, juste à côté de Mathieu.

L'occasion était trop belle. Pendant que tout le monde s'écharpait, il en profita pour aborder un sujet plus léger.

- Tu connais le réseau social Tame ? lança-t-il spontanément. J'ai vu que tu étais dessus.

- Tame ? Non ça ne me dit rien, lui répondit-elle d'un air perplexe.

Mathieu sortit son téléphone et lui montra l'icône rose en forme de « T ».

- Ah oui je l'ai téléchargée il y a quelques jours, mais je n'ai jamais réussi à la lancer. Du coup je l'ai supprimée.

- Même constat d'échec de mon côté, ajouta Mathieu. Impossible de l'ouvrir. Je ne comprends pas qu'ils fassent de la publicité pour une application buguée. Ce niveau d'incompétence, c'est dingue. Cela dit quand je vois ce qu'on vend à nos clients, je ferais mieux de me taire.

Louise réprima un petit rire.

- Ne dis pas ça, c'est mon équipe qui bosse dessus !

- Ah ! Non mais je rigole, elle n'est pas si mal notre application, s'empressa-t-il d'ajouter. Elle a juste quelques petits défauts. D'ailleurs si vous voulez, je peux vous donner un coup de main, je m'y connais en gestion de projet !

Louise rigola de nouveau.

- Je ne pense pas que tu y comprendrais grand-chose, mais merci pour la proposition, répondit-elle amusée.

Mathieu et Louise restèrent à discuter de tout et de rien jusqu'à la fermeture du bar. La majorité de leurs collègues étaient déjà rentrés chez eux et ils se séparèrent à leur tour vers vingt-trois heures. Mathieu était aux anges, c'était la première fois qu'il lui parlait autant. Il avait même la douce impression de lui plaire. Ce soir-là, il s'endormit sur un petit nuage, repassant en boucle dans sa tête tous les moments où elle semblait avoir été sous son charme.

Quelques minutes plus tard, son téléphone s'alluma sans qu'il ne le remarque et le logo en forme « T » apparut de nouveau.

Le gâteau de Fookabec

Allongé sur le dos, les bras écartés de part et d'autre, Mathieu sentit de la chaleur sur son visage. L'esprit encore embué, il ouvrit les yeux et remarqua qu'un faisceau de lumière s'était infiltré à travers ses rideaux entrouverts. Derrière la fenêtre, le ciel était de nouveau teinté de cette étrange couleur rose. Mathieu regarda spontanément son poignet. La mystérieuse montre dorée était elle aussi de retour.

« Qu'est-ce que c'est que ce cirque, me revoilà dans le même rêve qu'hier. »

A peine s'était-il levé de son lit, qu'un air de trompette retentit à l'extérieur. Mathieu reconnut immédiatement la mélodie. Il s'agissait d'une musique très connue qu'il écoutait beaucoup depuis quelques jours. Il s'habilla en vitesse, descendit les escaliers deux à deux et s'arrêta net. Une scène des plus surprenantes se déroulait à travers la grande porte vitrée qui le séparait de la rue. A quelques mètres de lui, une dizaine de petits hommes très poilus, en costumes rouge carmin, coiffés de képis de la même couleur et parfaitement alignés sur deux rangées, avançaient d'un pas militaire, trompettes à la bouche. Ils portaient des épaulettes bleu canard, une cravate jaune poussin et des souliers vert olive. L'association de ces couleurs parut d'un très mauvais goût à Mathieu, mais il fut encore davantage surpris lorsque, en les observant attentivement, il réalisa qu'il s'agissait en réalité de petits singes. Concentrés sur une partition maintenue au moyen d'une tige fixée à leur taille, ils avançaient avec des joues rougies et gonflées comme des balles de golf. Les macaques arrivèrent au niveau de Mathieu et poursuivirent leur route sans s'arrêter, révélant la présence d'un autre groupe d'animaux derrière eux.

Il s'agissait de majestueuses autruches, vêtues de costumes de cabaret, coiffées de plumes colorées et corsetées jusqu'à l'asphyxie. Les imposants volatiles avançaient avec grâce, levant bien haut leurs pattes aussi grandes que leur cou et faisant claquer leurs bottines noires sur le sol goudronné, à la manière d'un french cancan. Le bas de leur longue jupe à froufrous, remonté en équilibre sur leurs plumes noires, ondulait au rythme de la musique et faisait apparaître une alternance de bleu, de blanc et de rouge. Elles dépassèrent Mathieu à leur tour et un troisième groupe se dévoila, pendant que les singes entamaient un air de musique plus martial.

Quatre robustes taureaux marchaient sur leurs pattes arrière et transportaient, à la force de leurs épaules, une structure sphérique entièrement dorée. A première vue, il s'agissait d'un carrosse portatif ouvert en son centre, duquel dépassait le buste d'un homme. Il semblait plus jeune que Mathieu, avait une épaisse chevelure brune, de larges épaules, une mâchoire carrée et un visage parfaitement lisse qui ne présentait aucune marque de l'âge. Son beau costume cintré rose laissait deviner un torse très développé et l'homme affichait un large sourire à la dentition parfaite. Sa tête était surmontée d'une majestueuse coiffe circulaire molletonnée et il tenait dans sa main gauche un sceptre blanc, incrusté d'une montre similaire à celle que Mathieu portait toujours à son poignet. L'homme semblait sympathique et bougeait la tête au rythme de la musique en agitant ses mains autour de lui.

La nuit dernière, Mathieu avait paniqué pour bien moins que ça. Mais maintenant qu'il savait comment se réveiller grâce à sa montre, il se sentait libre de se laisser aller aux excentricités de son esprit et continua d'observer la suite de cet improbable défilé.

Derrière l'homme au sceptre, un flot continu d'animaux de toutes tailles se dévoila à son tour, coiffés et vêtus de mille et une façons bariolées, sur des rythmes de trompettes de nouveau très dansants. Mathieu y reconnut des reptiles, des oiseaux, des bovins, des canidés, des poissons, mais il y avait tant de créatures différentes qu'il ne parvint pas à identifier toutes les races qui défilaient devant lui. Chacune d'entre elles se comportait comme un être humain, marchant sur deux pattes et affichant des expressions que Mathieu croyait réservées à son espèce. Elles dansaient, chantaient ou discutaient gaiement, le plus naturellement du monde et étaient toutes accoutrées de manière excentrique, avec de grands chapeaux, des tenues colorées et portant chacune le même petit sac banane rose en bandoulière. Transportés par l'ambiance qu'ils avaient eux-mêmes contribué à créer, les singes finirent par poser leur instrument au sol et se joignirent à l'euphorie générale. Des musiques contemporaines d'une provenance inconnue prirent alors le relais des trompettes, comme si quelqu'un avait branché des enceintes géantes aux quatre coins de la rue. Fasciné par ce qui se déroulait sous ses yeux, Mathieu finit par ouvrir la porte vitrée de sa cour intérieure et se dirigea d'un pas peu assuré vers la foule. Personne ne prêta attention à lui, en dehors d'un élégant coucou bleu azur, vêtu d'un costume trois pièces blanc, qui s'avança dans sa direction. Il avait un bec noir aquilin, des petits yeux circulaires et des griffes acérées. Il marchait lui aussi sur ses pattes arrière, se tenait droit comme un Homme et mesurait un bon mètre cinquante. Sur l'une de ses ailes, un gros gâteau enrobé d'une pâte à sucre blanche, monté sur quatre étages, tenait en équilibre sur un plateau en argent.

- Tu en veux une part ? lui demanda-t-il courtoisement.

- C'est-à-dire ? répliqua Mathieu d'un air suspicieux.

- Je te propose une part de gâteau, répéta l'oiseau un peu surpris que sa question pourtant simple n'ait pas été comprise.

Mathieu hocha la tête en signe d'agacement.

- Est-ce que tu peux m'expliquer le sous-entendu derrière cette proposition ? reformula-t-il pompeusement, en repensant à ce que lui avait dit sa psychologue.

A travers ce coucou, Mathieu était persuadé de s'adresser à lui-même, convaincu que chaque moment qu'il vivait ici avait une signification précise.

- Fookabec est là ! Avec le gâteau ! s'exclamèrent tout à coup plusieurs voix dans son dos.

A peine Mathieu s'était-il retourné, qu'un petit groupe de créatures s'était déjà formé autour du coucou. Parmi elles, il reconnut les deux pandas de la nuit précédente.

- Hé, mais *fé* Mathieu, lui lança celui au pelage roux en le voyant à son tour.

L'animal était perché sur l'épaule du gros panda et venait tout juste d'enfourner une part de gâteau dans sa bouche. Ils arboraient tous deux des tenues bien plus extravagantes que leur costume de la veille. Le gros panda était vêtu d'un ensemble marron et portait un chapeau composé de longues feuilles vertes semblables à celles d'un palmier. Quant au petit panda, il était grimé en tournesol géant.

- Comment vas-tu depuis hier ? Tu tombes à pic pour le défilé ! lui lança le panda roux.

- Ça va très bien, répondit Mathieu le plus sérieusement du monde, je reste juste stupéfait par ma capacité à inventer tout ça.

- Et tu n'as pas encore goûté au gâteau ! ajouta-t-il en lui mettant l'assiette du coucou sous le nez.

La part coupée en triangle donnait effectivement très envie. D'autant plus qu'une odeur sucrée et très appétissante s'en dégageait. Mathieu attrapa l'assiette et en coupa un petit morceau qu'il porta à sa bouche.

« De toute façon, tout se passe dans ma tête, je ne risque pas grand-chose. »

Le nappage avait le goût attendu d'une pâte à sucre, mais une fois la première couche passée, une explosion de saveurs se répandit sur ses papilles. Il ferma les yeux et reconnut en premier un goût de chocolat et de noisette. Quelques secondes plus tard, celui d'un mélange de fruits rouges à la texture surprenante, à mi-chemin entre un coulis et un fondant. Comme le café froid qu'il avait bu la veille, ce gâteau lui paraissait tout sauf imaginaire. Après les fruits rouges, un pétillement acide s'empara de sa bouche et lui déclencha un intense frisson. Il avait l'impression qu'un feu d'artifice y avait été allumé et que chaque pétard ricochait sur ses parois buccales.

En plus du plaisir que lui procurait ce gâteau, il se sentit soudainement très léger. Comme soulagé du poids de son propre corps. Il rouvrit les yeux et réalisa, à sa grande surprise, que ses pieds ne touchaient plus sol. Il lévitait. Pris de panique, il bascula en arrière et s'agrippa de justesse aux poils du gros panda qui se tenait à proximité. Il s'y cramponna de toutes ses forces et se stabilisa à l'horizontale dans un équilibre précaire.

- Qu'est-ce qu'il m'arrive ? cria-t-il désarçonné, le visage en partie enfoui dans le pelage du gros panda, cherchant du regard de l'aide autour de lui.

Une moitié de tête retournée de Fookabec apparut dans son champ de vision.

- En plus d'être délicieux, mon gâteau allège le corps et l'esprit ! lui lança-t-il, avant de repartir vers d'autres créatures.

- Mais que quelqu'un m'aide bon sang ! hurla Mathieu de plus belle.

Aussi loin qu'il se le rappelait, il avait toujours eu un vertige maladif et ces quelques centimètres de hauteur suffisaient à lui donner des sueurs froides. Le gros panda, témoin de la panique qui le gagnait, l'attrapa au niveau de la taille et le redressa, pendant que le panda roux, qui flottait à présent lui aussi à proximité, lui tendit une de ses pattes. Mathieu hésita un instant, lâcha les touffes de poils du colosse et saisit la petite patte du panda roux.

- Je pense que tu ne vas pas beaucoup apprécier ce que je vais faire, mais tu me remercieras plus tard, lui lança ce dernier.

L'animal leva ses deux pattes vers le ciel et s'éleva lentement en embarquant Mathieu avec lui.

- En dessous d'une certaine hauteur, la vitesse est très limitée, mais tu vas voir que dès qu'on dépasse une dizaine de …

Avant même d'avoir terminé sa phrase, il se mit à accélérer à la verticale comme une petite fusée, sous les cris d'orfraie de Mathieu qui lui tenait toujours la patte. L'air fouettait leurs joues et faisait pleurer leurs yeux. En quelques secondes à peine, ils se retrouvèrent à une bonne centaine de mètres du sol, distance à laquelle le panda roux décida de les stabiliser. De là où ils se trouvaient, la fanfare ne ressemblait plus qu'à un petit groupe d'insectes où les identités de chacun se confondaient entre elles. Le panda roux plongea une patte dans son sac banane et farfouilla à l'intérieur, sans lâcher Mathieu que l'effroi avait rendu muet. Il sortit une première paire de lunettes entourée d'un caoutchouc isolant, la fixa sur son museau, puis se saisit d'une seconde mouture et la posa lui-même sur Mathieu.

- Je les avais oubliées. Indispensable si on ne veut pas finir avec les yeux en feu, cria l'animal pour être entendu malgré le vent qui leur sifflait dans les oreilles.

Mathieu était extrêmement désorienté par cette envolée fulgurante et haletait comme un petit chien. En acceptant cette part de gâteau, il ne s'attendait certainement pas à se retrouver propulsé dans les airs. Par peur de tomber, il ne lâchait plus la patte du panda roux qu'il compressait de toutes ses forces.

- Tu me coupes la circulation ! finit par s'écrier l'animal.

- Fais-moi descendre ! vociféra Mathieu, retrouvant ainsi l'usage de ses cordes vocales.

Il n'avait pas encore osé regarder en bas, angoissé d'avance par l'altitude à laquelle il se trouvait. Sans le prévenir, le panda roux tira sa patte d'un coup sec et la délogea de son étreinte. Mathieu referma les yeux et, se voyant tomber, poussa un long cri dramatique. Au bout de quelques secondes, le panda roux lui tapota sur l'épaule. Mathieu rouvrit un œil, puis l'autre, et réalisa qu'il était stationnaire.

- Ne me fais plus jamais un coup pareil ! hurla-t-il, rouge de rage, les bras écartés comme un funambule.

- C'est comme ça qu'on apprend à voler, il faut se lancer ! Lui cria le panda roux.

Alors qu'il s'apprêtait à rétorquer avec virulence, Mathieu sentit soudainement ses muscles se relâcher. Une intense sensation de bien-être était en train de l'envahir de la tête au pied, se déployant du plus profond de son estomac jusqu'à chacune de ses extrémités. En quelques secondes, sa peur s'était envolée. Son énervement contre le panda roux aussi. Il débordait d'une énergie inconnue et se sentait plus enjoué qu'il ne l'avait jamais été auparavant.

« Mais que m'arrive-t-il ? » se demanda-t-il. Il regarda pour la première fois en bas et observa la minuscule fanfare qui suivait son cours. Certaines créatures semblaient aussi flotter, mais aucune d'elles ne s'aventurait jusqu'à leur hauteur. De là où il se trouvait, Mathieu avait l'étrange impression que tout le monde l'observait, comme s'ils attendaient tous qu'il réalise quelque chose d'incroyable. Plus surprenant, son vertige avait disparu, ce qui, pour quelqu'un qui en souffrait depuis qu'il était petit, était paradoxalement vertigineux.

A ce moment-là, les mots de Fookabec prirent tout leur sens et Mathieu comprit que le gâteau allégeait réellement à la fois le corps et l'esprit. Il acheva de se décrisper complètement et se laissa aller à contempler le paysage. Sous ses pieds, une étendue de toits en zinc et de cheminées rouge brique ondulait à perte de vue, ponctuée ici et là par la présence de monuments historiques. Le regard de Mathieu s'arrêta un instant sur le plus proche d'entre eux, le majestueux Sacré-Cœur qui surplombait la ville du haut de sa butte, avant de se tourner vers un imposant bâtiment composé de tubes colorés. Un peu plus loin, il reconnut la pointe dorée de l'Obélisque, aussi frêle qu'une allumette, placée pile dans l'axe de la tour Eiffel.

Le panda roux, qui n'avait pas bougé d'un pouce, se remit à parler et le tira de sa contemplation.

- Maintenant je vais t'apprendre à te déplacer. Lève tes bras devant toi dans la direction que tu veux prendre, en les gardant bien parallèles entre eux. Tu verras que tu vas te mettre à avancer tout doucement.

Mathieu s'exécuta et se mit effectivement en mouvement à une allure très réduite, dans la direction pointée par ses bras.

- Si tu veux accélérer, il te suffit de rapprocher légèrement tes mains entre elles. Attention, plus elles seront proches l'une de l'autre, plus tu avanceras vite, garde-les donc à bonne distance.

Pour montrer l'exemple, le panda roux joignit le geste à la parole et se mit à avancer en suivant la direction pointée par ses petites pattes. Mathieu appliqua ses consignes et le suivit à la même vitesse.

- Voilà, ce n'est pas plus compliqué que ça ! Tu as encore besoin d'un peu d'entrainement pour rester stable, mais tu connais les bases.

Mathieu commença par faire quelques trajets horizontaux, puis s'exerça à monter et descendre. Cette sensation de liberté totale le grisa rapidement. Faisant fi des recommandations du panda roux, il finit par joindre ses deux mains ensemble pour accélérer davantage. Son corps se raidit d'un coup et son torse se bomba vers l'avant. Il se retrouva propulsé à une vitesse folle, en direction de la tour Eiffel qu'il avait visée sans même s'en rendre compte. A cette allure, l'air s'engouffrait dans le moindre interstice, écartant ses lèvres et ébouriffant ses cheveux. Ses organes internes se déplacèrent vers l'arrière, comme s'ils affichaient un léger retard sur le reste de son corps et sa fréquence cardiaque s'emballa. Mathieu sépara ses mains brutalement et reprit une allure normale. En quelques secondes, il avait traversé un bon quart de Paris et se trouvait à présent au-dessus du Champ-de-Mars. Secoué par la vitesse à laquelle il venait de se déplacer, il chercha à atterrir sur la pelouse pour se remettre de ses émotions. Les bras aussi parallèles que possible, il releva ses pieds dans l'idée de se réceptionner en marchant, à la manière d'un parapentiste. Le sol approchait à une vitesse très réduite, mais malgré ses efforts, il ne parvint pas à atterrir comme il l'avait imaginé. Il bascula vers l'avant et se vautra lamentablement dans l'herbe, avec ses deux mains pour seul amortisseur.

Le panda roux, qui l'avait suivi jusque-là, s'approcha du sol à son tour en employant une technique bien différente. Il tendit ses pattes vers le haut, puis les fit descendre tout doucement le long de son tronc et se posa avec grâce. L'animal explosa de rire à la vue de Mathieu, tout juste relevé. Il était recouvert d'herbe et de terre jusqu'au front.

- Tu aurais pu m'expliquer comment atterrir, lança Mathieu la mine renfrognée, en se frottant de partout pour faire disparaître les traces de cette chute humiliante.

- Je l'aurais fait si tu m'avais écouté et que tu n'étais pas parti aussi vite ! répliqua le panda roux, toujours hilare. Mais rassure-toi, je n'ai jamais vu quelqu'un y arriver correctement du premier coup. Tu aurais vu les débuts du gros panda, il a atterri dans un kiosque. Et des deux, je te laisse imaginer celui qui a subi le plus de dégâts.

- Je crois que je me suis cassé le bras gauche, dit Mathieu en se palpant le coude, sans réagir à la blague du panda roux. C'est très douloureux.

Il s'interrompit un instant et fixa l'animal dans les yeux, d'un air perplexe.

- Comment est-ce que je peux ressentir de la douleur d'ailleurs ? ajouta-t-il. Comme hier … lorsque je me suis pincé.

- Et pourquoi ne pourrais-tu pas en ressentir ? rétorqua
le panda roux.

- Mais parce que je rêve pardi ! Tu as déjà eu mal dans
un rêve toi ?

Mathieu s'ébroua comme un cheval et se mit à
marmonner.

- Ressaisis-toi mon vieux, tu viens de demander à ton
subconscient s'il avait déjà rêvé. Demain matin tu retournes
voir ta psy. Il faut tirer tout ça au clair. Si je ressens de la
douleur en rêvant, c'est sûrement que …

Le panda roux le dévisageait d'un air soucieux, mais le
laissa une nouvelle fois exprimer ses théories sans rien dire.
Au bout de quelques minutes à peine, en l'absence d'une
conversation contradictoire qui aurait pu alimenter sa
réflexion, les questionnements de Mathieu s'évaporèrent et
la même sensation de bien-être qu'il avait ressentie plus haut
l'envahit de nouveau. Il se sentait apaisé, détendu et sa
recherche d'explications disparut progressivement à mesure
qu'un état de plénitude le gagnait.

Son regard se perdit sur le paysage qui l'entourait. Il se
fixa sur l'herbe fatiguée par la rudesse de l'hiver, puis
remonta au niveau des platanes dégarnis et s'arrêta au
sommet de la tour Eiffel. Le soleil lui chauffait les joues et
l'irradiait d'une température estivale, toujours en décalage
total avec le décor hivernal qui l'entourait. Le rationnel
derrière ce rêve n'avait plus aucune importance et Mathieu
en oublia jusqu'à la douleur de son bras. Il voulait en voir
davantage. Ce n'était pas tous les jours qu'il pouvait admirer
Paris d'une telle hauteur. Emporté par ce regain
d'enthousiasme, Mathieu leva les bras vers le ciel et repartit
de plus belle dans les airs. Son regard sautait de toit en toit.
Ici une terrasse joliment aménagée, là une gigantesque

farandole de mitrons, un peu plus bas un balcon rempli d'arbustes.

Ses yeux s'arrêtèrent sur le square Marcel Pagnol. C'était celui dans lequel il venait déjeuner avec ses collègues lorsque la météo le leur permettait. Son bureau n'était pas loin et il se demanda jusqu'où son imagination avait été capable de recréer la réalité. Piqué par la curiosité, il s'avança vers le bâtiment dans lequel il travaillait pour y jeter un œil, mais une fois n'est pas coutume, il jugea mal sa vitesse et se dirigea vers la fenêtre bien trop rapidement. Dès qu'il prit conscience de l'inévitable, il se recroquevilla sur lui-même pour protéger son visage et traversa avec fracas le verre qui explosa en mille morceaux. Cette fois, ce nouvel atterrissage raté ne lui cassa rien. Mais des bris de glace plantés dans ses bras le firent affreusement souffrir et ravivèrent sa douleur dans le coude. Comme un yoyo, l'euphorie de Mathieu retomba de nouveau. Excédé par cette accumulation d'échecs et de douleurs, il se releva piteusement.

- J'arrête, s'énerva-t-il en se saisissant de sa montre, avec la ferme intention de se réveiller.

- Attends ! hurla le panda roux, qui venait de traverser la fenêtre avec grâce. Tu n'en as plus pour très longtemps de toute façon, regarde ta montre. Lorsqu'elle affichera sept heures trente, tu te réveilleras quoi qu'il arrive. Profite des derniers instants qu'il te reste pour explorer ton bureau.

Mathieu baissa les yeux sur son poignet. Les aiguilles indiquaient sept heures moins vingt. Il regarda autour de lui et reconnut son poste de travail. Il était à son étage et tout lui paraissait conforme à la réalité. Le moindre détail, même le plus insignifiant, semblait avoir été reproduit à l'identique, de la position de son écran d'ordinateur, à sa pile de dossiers, en passant par une petite yourte miniature qu'il avait ramenée d'un séjour à Oulan-Bator. Intrigué, il jeta un œil aux bureaux de Thibault et Louise. Tout était également en phase avec le souvenir qu'il en avait.

Il s'approcha alors d'un bureau devant lequel il ne s'était jamais arrêté et observa une dizaine de stabilos parfaitement alignés, chacun d'une couleur différente et rangés du plus clair au plus foncé. Cette fois-ci, il était persuadé de n'avoir jamais remarqué ce détail. Peut-être que son cerveau les avait enregistrés de manière inconsciente ? Un peu plus loin, l'imprimante qui tournait à plein régime pendant la journée portait une large éraflure sur le flanc droit. Il ne l'avait jamais remarquée non plus.

Mathieu s'avança près d'une salle fermée, regarda à travers la vitre et aperçut des post-it collés sur un mur. Sur chacun d'eux étaient notés des mots. Il en reconnut la majorité. C'était lui qui les avait écrits la veille lors d'une session de brainstorming.

Mathieu était sidéré par la puissance de sa mémoire. Au point qu'il doutait même de l'exactitude des choses qu'il voyait. Son esprit, pour combler le vide laissé par des informations inconnues, aurait-il pu reconstituer des souvenirs apocryphes en se basant sur ce qu'il connaissait ? Pour s'en assurer, il décida d'aller visiter le bureau de son président. Il était certain de n'y avoir jamais mis les pieds.

La salle se trouvait à l'étage supérieur. Il s'engouffra dans la cage d'escaliers, grimpa les marches deux à deux et traversa un long couloir. La porte était là, lourde, grise et fermée comme à son habitude. Il posa sa main sur la poignée et attendit un instant. L'excitation était à son paroxysme. Lui qui avait si longtemps rêvé d'entrer dans ce bureau, antre mythique et impénétrable du pouvoir, le voici qui allait enfin vivre ce moment.

Qu'allait-il y découvrir ? Une salle entièrement vide ? Une totale construction de son imaginaire ? Il ouvrit la porte d'une main fébrile, comme s'il craignait de déranger quelqu'un et pénétra dans le saint des saints.

La pièce était comme le reste de l'étage, meublée, décorée et tout à fait représentative de l'idée qu'il s'en était faite. Face à lui, un bureau en bois massif s'étirait devant une large baie vitrée qui offrait une vue imprenable sur Paris. Mathieu attrapa une bouteille de whisky posée sur une desserte à roulette, se servit un verre et se projeta dans la tête de son président. Il l'imagina en train de tremper ses lèvres dans ce liquide ambré, regardant avec un mélange de satisfaction et d'arrogance cette capitale de taille moyenne, qui ne représentait pour lui qu'une petite partie du périmètre mondial dont il avait la charge. Peut-être songeait-il aussi à la nouvelle villa qu'il était en train de se faire construire ou à sa dernière voiture de sport dans laquelle il emmènerait sa maitresse pour assister à une course hippique ?

Mathieu avait conscience d'aligner clichés et ouï-dire, mais c'était plus ou moins l'idée qu'il se faisait de son président, alors qu'il ne connaissait pas plus sa vie que l'intérieur de son bureau.

Il leva la tête au plafond et remarqua des moulures florales en plâtre, qui conféraient le charme de l'ancien à cet immeuble autrement très moderne. Les signes de réussite sociale étaient légion. Mathieu était encerclé de bibelots exotiques, probablement ramenés de voyages lointains, de photos de son président en train de serrer des mains et de récompenses entassées sur le rebord d'une cheminée en marbre blanc, visiblement fonctionnelle au vu du tas de cendres qu'elle contenait.

Les murs de la pièce n'étaient pas en reste, avec une dizaine de tableaux contemporains qui y étaient accrochés.

Mathieu n'y connaissait pas grand-chose en art, mais qualifiait ainsi toute œuvre qui ne représentait rien de concret à ses yeux. Lorsqu'il aperçut un grand tableau blanc traversé par une seule ligne noire, puis un non moins grand tableau, recouvert d'un vernis vert et de figures géométriques colorées, il en conclut donc qu'il s'agissait d'art contemporain.

Au milieu de ces chefs-d'œuvre auxquels il était insensible, il en reconnut un d'un style différent. Il s'agissait d'un tableau de Caspar David Friedrich, qui représentait un homme de dos habillé en noir, perché sur une montagne et contemplant une mer de nuages à ses pieds. Mathieu trouva qu'il s'agissait là d'une bien drôle de peinture pour un tel lieu, que celle d'un homme seul, qui face au précipice devant lui, comme confronté à l'absurde de sa propre existence, semblait plongé dans une profonde réflexion métaphysique. Ce tableau transpirait la mélancolie et, placé à cet endroit où tout semblait avoir été étudié pour renvoyer une image de réussite sociale, jurait avec le reste de la pièce.

Alors qu'il était plongé dans la contemplation de ce tableau, son poignet se mit à vibrer.

-    Que se passe-t-il ? demanda-t-il au panda roux.

Il regarda sa montre, elle indiquait sept heures trente.

-    C'est l'heure. Tu vas bientôt te réveiller. A demain !

Mathieu releva la tête vers le panda roux, une brume rose était en train de se former autour de lui. L'animal lui fit un signe d'au revoir et disparut au bout d'une dizaine de secondes.

Mathieu ouvrit les yeux. Il était de retour dans son lit. Et son téléphone affichait sept heures trente, à la minute près.

Les nominations

Dans le métro qui le conduisait à son travail, Mathieu ne sortit cette fois-ci pas son téléphone. Même lorsque l'alarme de ce dernier se mit à vibrer pour lui rappeler de téléphoner à ses parents. Ce rêve persistant l'obsédait. Tout lui était paru si réel. Dans quel drôle de monde se retrouvait-il chaque nuit ? Et comment pouvait-il se souvenir d'autant de détails à son réveil ? Chaque moment, chaque discussion, chaque événement étaient ancrés dans sa mémoire comme s'il les avait vécus. Il se rappela s'être promis de consulter sa psychologue et prit immédiatement rendez-vous avec elle sur sa première disponibilité de la semaine suivante. D'ici-là, il allait devoir se débrouiller tout seul pour déchiffrer les mystères de son subconscient.

D'un point de vue plus prosaïque, Mathieu se préparait à passer une matinée bien peu passionnante. Il devait assister à une visioconférence qui regroupait l'ensemble des salariés de son entreprise et n'en avait pas la moindre envie.

Par chance, en arrivant à son poste de travail, il réalisa qu'il lui restait une petite quinzaine de minutes avant qu'elle ne démarre. Tout juste assez de temps pour vérifier si ce qu'il avait vu dans son rêve existait réellement ou s'il avait tout inventé.

Il s'approcha du bureau sur lequel il avait vu les stabilos. Une collègue y était assise et lui bloquait la vue. Il la contourna, regarda discrètement par-dessus son épaule et constata que les feutres étaient bien tous là, alignés les uns contre les autres et rangés par couleur. Intrigué, il traversa l'open space et se rendit au niveau de l'imprimante. Pour une fois, personne n'était en train de l'utiliser. Il se pencha sur son flanc et retrouva la même écaillure que celle observée pendant la nuit. Cette deuxième similitude commençait à l'impressionner. Il était certain de n'avoir jamais prêté la moindre attention à ces deux détails.

Un peu plus loin, il passa au niveau de la salle de réunion censée contenir les post-it. Alors qu'il allait tourner la poignée pour ouvrir la porte, il se rendit compte que la pièce était occupée par deux de ses collègues. Il jeta un œil à travers la vitre et remarqua que le tableau avait été débarrassé des papiers colorés.

« Deux sur trois, c'est plus qu'une coïncidence quand même. Il faudrait que je puisse voir le bureau du président pour en avoir le cœur net » se dit-il, empreint d'une excitation croissante.

Il se précipita dans les escaliers, grimpa à l'étage et avança d'un pas rapide vers l'énigmatique bureau. A quelques mètres devant lui, la porte était grande ouverte. Que verrait-il s'il regardait à l'intérieur ? La cheminée en marbre ? La desserte à roulettes ? Le tableau de Friedrich ?

« Si j'ai vu juste, je me reconvertis en mentaliste », pensa-t-il ironiquement. Mathieu s'avança comme si de rien n'était en direction de l'entrée, mais alors qu'il s'apprêtait à voir l'intérieur de la pièce, quelqu'un lui claqua la porte au nez. Il était neuf heures trente. La réunion allait commencer.

Déçu, il fit demi-tour et retourna à son étage. Une fois assis, il ajusta son casque audio et rejoignit l'espace virtuel dans lequel se trouvaient déjà tous ses collègues. Il aurait tant aimé voir ce qui se cachait dans ce mystérieux bureau, mais pour l'heure, il était contraint d'écouter ce qui allait être, il le savait déjà, une réunion extrêmement ennuyeuse. D'autant plus qu'il avait toujours de grandes difficultés à rester concentré très longtemps sur ce type d'interventions dans lesquelles il n'était pas amené à parler.

« Allez, focus sur la visio, sinon je vais encore passer pour un abruti à la pause déjeuner quand tout le monde va parler de ce qui s'est dit. »

A ses côtés, plusieurs milliers de personnes muettes attendaient patiemment le début de la réunion. Sur son écran, Mathieu n'en voyait qu'une trentaine, toutes enfermées dans de petits rectangles superposés les uns sur les autres et parfaitement alignées par groupe de cinq. Aucune d'entre elle ne semblait avoir été informée de sa mise en avant, car personne ne souriait.

- J'ai vu des enterrements plus joyeux, lança Mathieu à Thibault en rigolant.

- Tu sais que je te vois sur mon écran ? lui répondit-il en gardant son sérieux face à la caméra.

Le visage de Mathieu se referma en une fraction de seconde, comme s'il venait d'apprendre une terrible nouvelle. Il tenta d'afficher un sourire de circonstance, mais était bien trop crispé pour en fournir un qui fasse naturel. Quelques secondes plus tard, tous les petits rectangles disparurent en même temps et laissèrent place à un homme d'une soixantaine d'années. Le président de la société allait prendre la parole.

- Bonjour à tous, lança-t-il sur un ton jovial et dynamique. J'espère que vous allez bien ?

L'homme marqua un silence et afficha un large sourire, comme s'il espérait obtenir des réponses qui ne vinrent jamais, puis poursuivit son mot d'introduction.

- Avant de commencer cette réunion d'information, je voudrais tout d'abord vous féliciter pour les chiffres du dernier trimestre. Il est important de … Tiens, quelqu'un a changé l'ampoule du plafond. Après deux mois d'attente, ce n'est vraiment pas trop tôt. L'éclairage est vraiment meilleur maintenant. D'ailleurs, il faut que je me coupe les ongles, ils sont bien trop longs. Cela dit, c'est bien utile pour tapoter sur le bureau.

Mathieu s'était mis à imiter un troupeau de chevaux au galop avec ses doigts et n'écoutait plus rien du tout. Son attention venait de s'égarer et se portait à présent sur le moindre détail qui lui paraissait plus intéressant que cette présentation. C'est-à-dire à peu près tout et n'importe quoi.

- Nadine, je te laisse la parole ! conclut une voix lointaine, ramenant Mathieu au moment présent.

La directrice des ressources humaines fit son apparition et remplaça le président à l'écran. Derrière elle, le logo du groupe essayait tant bien que mal de s'ajuster aux contours de sa tête grossièrement incrustée. Elle prit la parole et son image disparut à son tour derrière une présentation colorée.

- Merci Monsieur le président pour ce rappel important. Je serai brève, car l'objectif de cette réunion est avant tout de vous présenter notre nouvel organigramme. Tout d'abord, je voudrais remercier mon équipe et les participants à nos ateliers de brainstorming, qui ont depuis plusieurs mois travaillé à … c'est nouveau ça non ? On peut envoyer de petites images directement sur le flux vidéo. C'est marrant. J'essaierais bien d'en envoyer une, mais bon, tout le monde la verrait et je passerais pour un idiot.

Mathieu ne parvenait décidément pas à rester concentré et devait redoubler d'efforts pour ne pas perdre le fil de la présentation. Cette réorganisation ne le concernait pas directement, mais il se devait de connaître les noms qui allaient être présentés. Faute de quoi, son image au sein de la société risquait d'en pâtir.

Les diapositives s'enchaînèrent à un rythme soutenu. Sur chacune d'elles, des images inspirantes et quelques mots bien choisis tentaient d'illustrer l'importance du nouvel organigramme qui allait être présenté. Ce renouveau était primordial au succès du groupe et chaque salarié devait en être assuré.

- ... Si la conjoncture actuelle nous impose de faire des choix importants, il est surtout nécessaire de garder en tête notre vision à cinq ans. Le numérique s'est plus que jamais imposé dans le quotidien de nos clients et nous devons les soutenir dans leur transformation digitale, en les accompagnant jour après jour et en élaborant des plans d'action ambitieux, mais concrets, tout en maintenant un niveau de ... Mon dieu mais de quoi elle parle là ? Tout le monde s'en tape de ce que tu racontes ! On veut les noms !

Mathieu s'ennuyait ferme. Il avait maintenant envie d'aller aux toilettes. Comme si son ennui s'était allié à sa vessie pour l'exfiltrer de cet interminable monologue.

- ... Et c'est pour toutes ces raisons que l'ensemble du comité exécutif et moi-même, sommes ravis de vous annoncer la nomination de Jean-Philippe Tipex, au poste de directeur financier du département innovation, transformation digitale et conduite du changement ...

Perdu dans ses pensées, Mathieu ne se rendit pas compte que la directrice des ressources humaines avait cessé de parler. Son regard, habituellement si dur, affichait une expression de perplexité et penchait sur sa droite. Elle semblait fixer quelque chose en dehors de l'écran, peut-être son téléphone. Comme si elle avait oublié que des milliers de personnes la regardaient. Son visage s'était soudainement empourpré et sa lèvre supérieure s'était mise à trembloter.

- Je … euh … je vous prie de m'excuser, reprit-elle en balbutiant, on vient de m'informer d'une coquille dans les informations à l'écran. Je ne sais pas ce qu'il s'est passé … enfin … ce n'est pas Jean-Philippe Tipex qui est nommé à ce poste, mais Carole Tablembois. Je suis vraiment désolée pour cette erreur, il semblerait qu'il s'agisse d'une mauvaise version du document.

En bas à gauche de l'écran, un court message apparut dans la foulée de cet imbroglio : « Jean Philippe Tipex a quitté la réunion. »

Dans le bureau, le malaise était palpable. Sur l'écran, les visages ennuyés avaient laissé place à des expressions de sidération. Visiblement très perturbée par son erreur, la directrice des ressources humaines poursuivit péniblement sa présentation et, sûrement dans l'optique de cacher sa gêne, dynamisa l'intonation de sa voix qui monta dans les aigus. La réunion, en plus d'être ennuyeuse, devenait maintenant insupportable à écouter.

Sur chaque nouvelle diapositive, de nouveaux noms se dévoilèrent les uns après les autres, mais Mathieu ne parvint à en écouter que quelques-uns, complètement absorbé par une mouche qui virevoltait autour de lui.

- … félicitations à Ludovic Feuillage pour sa nomination au poste de vice-président de l'acquisition omnicanale et responsable de la communication interservices de la branche professionnelle …

- … Paula Chimenea directrice commerciale nouveaux business du secteur Nord de Paris … sous la responsabilité de Bernard Lampion …

Lorsque la vidéo s'interrompit, mettant fin à la fois au calvaire des spectateurs et à celui de l'intervenante, il était déjà l'heure de déjeuner. Mathieu, Thibault et Louise partirent à la cantine avec d'autres collègues. Pas de Cojean ce jour-là, car ils avaient tous une journée très chargée en réunions et devaient faire au plus rapide. A table, sans surprise, tout le monde ne parla que de la nouvelle équipe managériale, de l'énorme boulette de la DRH et de la déconnexion de Jean-Philippe Tipex. Le sujet avait pris tant d'ampleur qu'il avait écrasé tous les autres sur son passage. L'ère des péripéties de Sandrine et Jean-Michel venait de prendre fin, pour laisser place au duel entre Jean-Philippe et Carole, au milieu duquel personne n'oubliait d'ironiser sur la mésaventure de la DRH. Ça jasait comme d'habitude de toutes parts. On se délectait de la chute d'un collègue, jalousait le succès d'un autre et raillait l'incompétence de celle qui se trouvait entre les deux. Mathieu se joignit, non sans un petit sentiment de plaisir coupable, au concert des rumeurs et supputations.

- A mon avis, Tipex devait avoir le poste, lança-t-il à Louise.

- Ah bon ? Qu'est-ce qui te fait dire ça ? demanda-t-elle, avec toute la candeur d'une nouvelle recrue.

- Mon instinct, je commence à bien connaître la maison. Son nom n'était certainement pas sur la présentation par hasard. Je pense qu'ils l'avaient choisi pour le poste, mais qu'ils ont changé d'avis au dernier moment et qu'ils ont oublié de mettre à jour l'information sur la diapositive.

- La boulette. Cela dit, ça ne m'étonnerait pas non plus, ajouta Thibault. Surtout que c'est Tablembois qui a eu la promotion à sa place.

- Tu penses qu'elle y est pour quelque chose ? demanda de nouveau Louise.

Mathieu et Thibault pouffèrent de rire en même temps.

- Tu sais comment on la surnomme ? dit Mathieu. La reine des vipères.

Louise, qui venait d'enfourner un bout de quiche dans sa bouche, manqua de s'étouffer.

- Mon dieu. Mais qu'est-ce qu'elle a fait pour mériter ce surnom ?

- Oh tu ne veux pas le savoir, des choses abjectes. Évite juste d'avoir affaire à elle.

- Ça ne m'étonnerait pas qu'elle finisse au comité exécutif dans quelques années, ajouta Thibault, en affichant une moue pleine de sous-entendus.

Mathieu sourit, puis se gratta le menton d'un air pensif.

- Du coup je me demande si Tipex va rester.

- Le peut-il seulement ? Il a quand même quitté la réunion au vu et au su de tous, ce n'est pas très professionnel. Est-ce qu'ils laisseront passer un tel comportement ?

- Tu as raison, dans tous les cas il est blacklisté. Ses jours sont comptés.

- Et la DRH ? demanda Louise, friande de ragots et curieuse d'en apprendre davantage sur les jeux de pouvoir qui s'exerçaient dans sa nouvelle société. Elle a quand même fait une sacrée bourde.

Mathieu hocha la tête de gauche à droite.

- Nadine ? Oh non elle ne risque rien. Elle est protégée par les bonnes personnes.

- C'est-à-dire ? Demanda Louise.

- Elle a des accointances avec le directeur financier, dirons-nous poliment.

Thibault afficha un large sourire.

- C'est si bien formulé.

- En tout cas croyez-moi, on va en entendre parler un petit moment de cette affaire, ajouta Mathieu. Il va se battre le Tipex. Comme un T-rex !

- Moi je pense plutôt qu'il va gentiment se faire effacer.

Louise et Mathieu éclatèrent de rire.

- Ce serait un comble !

- Bon je dois vous laisser, j'ai une réunion qui va commencer, lança Louise en quittant la table.

Mathieu hésita un instant en la regardant s'éloigner, puis se leva d'un bond.

- Je dois y aller aussi !

Il déposa son plateau sur une étagère à roulettes et marcha d'un pas rapide pour rattraper Louise qui venait de pénétrer dans l'ascenseur. Les deux portes métalliques étaient déjà en train de se refermer sur son visage, qu'il eut tout juste le temps d'y glisser une main pour les faire se rouvrir.

- J'avais oublié, j'ai une réunion aussi, dit-il en mentant éhontément.

- C'était moins une ! lui lança-t-elle.

Un flottement s'installa dans la cabine. C'était la première fois qu'il se retrouvait seul avec elle. Son rythme cardiaque accéléra et son estomac se noua. Il devait profiter de cette occasion pour l'inviter en dehors du bureau. Mathieu prit une profonde inspiration et se lança devant les numéros d'étages qui défilaient.

- Tu fais quelque chose demain soir ?

- Non pourquoi ?

A ce moment-là, chacun d'eux savait. Mathieu, qu'elle lui laissait l'opportunité de l'inviter. Elle, qu'il allait lui proposer de faire quelque chose ensemble.

- Il y a un petit restaurant sympa dans les Batignolles que je veux essayer depuis un moment. Ça te dirait de venir avec moi ?

- C'est quel type de restaurant ? demanda-t-elle pour faire durer le suspense.

- Un italien, apparemment leurs pâtes sont à tomber !

L'ascenseur s'ouvrit à l'étage auquel descendait Louise. Elle sortit de la cabine, se retourna vers Mathieu et attendit quelques secondes que les portes se referment avant de lui lancer, juste avant de disparaître :

- Alors d'accord ! Avec plaisir.

Mathieu jubilait. Elle avait dit oui. Le reste de la journée exista à peine tant sa joie était grande. Il aurait aimé appuyer sur un bouton pour accélérer le temps et passer directement à la soirée du lendemain.

Sur le chemin du retour, il se promit de se coucher tôt. Il voulait être en forme pour leur premier rendez-vous. Après s'être acquitté de ses tâches quotidiennes du soir et alors qu'il s'apprêtait à se mettre au lit, son téléphone se mit à sonner.

« Qui ça peut bien être à cette heure-là ? » se demanda-t-il en regardant son écran. C'était Thibault.

- Tu te connectes ? lui lança-t-il à l'autre bout de l'appareil. On doit tuer le dragon.

Mathieu avait complètement oublié qu'il avait prévu de jouer à un jeu vidéo avec lui et deux autres amis ce soir-là. Il aurait bien passé son tour, mais ils ne pouvaient y jouer qu'à quatre.

« Bon, ça ne peut pas me faire de mal une petite partie » se dit-il pour se motiver. Il alluma son ordinateur, brancha son casque et se connecta sur un serveur audio.

Une fois réunis dans une sorte de monde virtuel médiéval, les quatre avatars pixelisés prirent la direction d'une caverne dans laquelle se cachait un effroyable dragon.

La quête du dragon Toctoc

Dès l'instant où Mathieu vit le ciel rose à travers sa fenêtre, tout lui revint à l'esprit. La fanfare extravagante, les effets du gâteau de Fookabec, son survol de Paris, l'exploration de son bureau. En quelques secondes, l'excitation de la découverte ressurgit en lui. Quelles drôles de créatures allait-il rencontrer cette fois-ci ? Quels paysages allait-il survoler ? Ce rêve semblait posséder une puissante force d'attraction qui lui faisait oublier ses préoccupations du monde réel.

Il sortit de son appartement, descendit dans la rue et, à son grand désarroi, la trouva complètement déserte. Il n'y avait plus personne. Tout le monde était parti et il n'avait pas pensé à demander au panda roux comment faire pour le retrouver. Un peu perdu, il se mit à déambuler dans la ville en criant « panda roux » à répétition, tout en cherchant du regard un quelconque signe de vie.

La ville était aussi inanimée que lors de sa première nuit. Seuls avançaient quelques nuages poussés par le vent dans le ciel rose. De ruelle en avenue, d'allée en boulevard, de passage en chemin, il finit par se retrouver dans une rue très étroite, à l'extrémité de laquelle se dévoilait un bout du Sacré-Cœur. En l'apercevant, il se rappela ce que lui avait dit le panda roux lors de son premier rêve. Alors qu'à ce moment-là il ne pensait qu'à se réveiller, l'animal lui avait proposé de l'accompagner à une soirée dans ce monument. Si à l'époque il n'avait même pas relevé l'invitation, c'était à présent le seul indice dont il disposait pour le retrouver.

Mathieu s'enfonça dans les petites allées pentues qui menaient à l'édifice avec espoir. En peu de temps, il atteignit une esplanade d'où démarraient plusieurs escaliers et au bout desquels se trouvait le parvis du bâtiment. Il monta avec entrain les deux cent vingt-deux marches qui l'en séparaient et, une fois arrivé en haut, s'arrêta un instant pour reprendre son souffle.

Ce lieu, qu'il n'avait toujours connu que bondé, lui apparaissait encore plus majestueux vidé de toute présence, comme si une nouvelle pandémie était passée par-là et avait contraint l'ensemble du vivant à rester chez soi. Aucun pigeon ne se dandinait grassement, aucun touriste ne s'émerveillait en prenant des photos, aucun pickpocket n'épiait les passants à la recherche d'une proie facile.

Seuls quelques indices permettaient d'imaginer le lieu tel qu'il était dans la réalité. Un chapeau retourné à côté d'une estrade argentée, un orgue de barbarie et ses cartons perforés, un étal recouvert de chiens porte-clés colorés ou encore un trépied sur lequel était posée une caricature non terminée.

Mathieu se retourna quelques instants pour admirer le paysage, puis s'engouffra dans la basilique.

- Il y a quelqu'un ? lança-t-il sans grande conviction, devant l'apparente inoccupation des lieux.

- Il y a quelqu'un ? répondirent tristement en écho les parois du bâtiment.

Mathieu s'avança dans le long édifice et remarqua des installations bien étranges. Pour la première fois, le décor de son rêve s'écartait de la réalité. Les bancs destinés aux fidèles étaient agencés en cercles concentriques et une petite estrade rectangulaire était installée en leur centre. A la périphérie, quatre larges piliers, entourés des guirlandes scintillantes, étaient reliés entre eux par des lignes de fanions colorés et des ballons gonflés recouvraient en partie le sol. La mystérieuse soirée dont lui avait parlé le panda roux avait tous les attributs d'une kermesse.

Tout au fond de l'édifice, derrière l'autel principal où se déroulent habituellement les offices et sous l'œil attristé d'un Jésus peint sur la voute, Mathieu remarqua des ustensiles de cuisine entreposés un peu partout, accrochés aux murs ou posés sur la moindre surface disponible. A droite, cinq réchauds à gaz étaient disposés les uns à côté des autres et une grande étagère remplie de bocaux s'élevait jusqu'à un bon quart de la hauteur du bâtiment.

Alors que Mathieu contemplait avec étonnement ce drôle d'aménagement, un bruit sourd résonna à plusieurs reprises. Il regarda un peu partout autour de lui et finit par entrevoir un bouquet de plumes bleues s'agiter derrière l'autel central.

- Mais où est-il ? Mais où est-il ?

- Où est quoi ? demanda Mathieu en élevant le ton, sans savoir à qui il s'adressait.

- Mon moule ! cria la voix en se redressant derrière le bloc de marbre.

Mathieu reconnut Fookabec, le coucou de la veille, qui sortit de sa cachette et s'avança vers lui en se dandinant.

- Tu ne l'aurais pas vu par hasard ? Je dois refaire du gâteau, il n'y en a presque plus.

Interloqué, Mathieu répondit par la négative en hochant la tête.

- Et le panda roux n'est pas avec toi ? demanda-t-il, d'un air surpris, après avoir jeté un œil alentour.

- Non. Je le cherchais justement …

- On verra ça plus tard, aide-moi d'abord à retrouver mon moule, c'est vraiment important, le coupa-t-il.

- Oui bien sûr, répondit Mathieu devant l'attitude affolée du coucou. A quoi ressemble-t-il ?

- A un moule pardi ! Tu n'en as jamais vu ?

Mathieu tenta de reformuler sa question en bredouillant quelques mots incohérents.

- Un grand réceptacle en métal, gris, de la forme du gâteau que tu as mangé hier, poursuivit Fookabec en mimant les dimensions avec ses ailes.

- Mais comment as-tu pu perdre un objet de cette taille ? Tu te rappelles la dernière fois que tu l'as utilisé ? demanda de nouveau Mathieu.

Fookabec marqua un temps de réflexion, en se gratouillant le front avec une aile.

- Je m'en suis servi il y a deux jours ! finit-il par s'exclamer. Pour préparer celui qu'on a mangé lors de la fanfare d'hier. Mais je suis sûr de l'avoir laissé dans ma cuisine. C'est insensé ! Quelqu'un m'aurait volé mon moule ? Non c'est impossible.

Le coucou pestait à tout va, en s'agitant dans tous les sens et en fouillant le moindre recoin de la basilique, suivi tant bien que mal par Mathieu qui tentait de se montrer utile. Ils grimpèrent l'escalier en colimaçon qui menait aux loges surélevées, inspectèrent chaque confessionnal, vérifièrent l'arrière de chaque autel et partirent même explorer la crypte. En vain. Le moule demeurait introuvable.

- Il nous reste encore les étages à vérifier, dit Mathieu.

A l'instant où il prononça ces mots, un son de timbale métallique les fit se retourner vers l'extérieur.

- Tu as entendu ? lui lança Fookabec en courant vers l'endroit d'où le bruit semblait provenir.

Sur le palier de la porte et sous leurs yeux ébahis, le moule tant recherché faisait des va-et-vient en se heurtant à intervalles réguliers contre un mur.

- Ça y est, je déraille complètement. Me voilà qui donne vie aux objets maintenant, dit Mathieu d'un ton anormalement calme face au niveau d'absurde qui venait d'être franchi.

- Ne dis pas de bêtise. Ce moule n'est pas en vie, le corrigea Fookabec.

- Il faut croire que si. De toute façon c'est là-haut que ça se passe, ajouta-t-il en se tapotant le crâne.

- Sois sérieux deux minutes Mathieu, as-tu déjà vu un moule à gâteau vivant ?

- Pas plus qu'un coucou qui parle, lui répondit-il aussi sec.

Fookabec le dévisagea un instant, l'air pensif, et poursuivit.

- Non vraiment, ça c'est impossible. Il doit y avoir quelque chose en-dessous.

Pendant qu'ils parlaient, l'objet fou avait pris une nouvelle direction et se dirigeait maintenant vers l'intérieur de la basilique. Mathieu s'en rendit compte et se jeta dessus pour l'immobiliser. Un brin anxieux, il souleva le moule avec précaution et découvrit, stupéfait, le panda roux accroupi en-dessous, tout penaud. Après un court moment de sidération, il explosa de rire.

- Mais qu'est-ce que tu fais là ? demanda Fookabec, qui lui ne rigolait pas du tout.

- Eh bien je … je cherchais du gâteau et … je pensais que … enfin je me disais que peut-être … comme je n'en trouvais pas … peut-être qu'il en restait dans ton moule …

Les deux ailes repliées sur les hanches, le coucou avait adopté une posture d'inquisiteur. Il était très énervé et voulait que ça se voit.

- Et donc tu as décidé de le voler !
- Pas du tout ! Il était posé en équilibre sur une marche. Je me suis faufilé par l'ouverture laissée en-dessous, mais une fois à l'intérieur, il est tombé au sol et s'est refermé sur moi. Je l'ai poussé pendant des heures, en espérant qu'il se retourne et me libère, mais je n'y suis jamais parvenu.

Contrairement à Fookabec, Mathieu n'arrivait plus à s'arrêter de rire.

- Balivernes ! Tu n'as pas à toucher à mon moule, sous aucun prétexte ! aboya Fookabec dont l'énervement ne faiblissait pas.
- Ne m'en veux pas, ce n'était qu'un accident, dit le panda roux qui se confondait en excuses.
- Bon tout est bien qui finit bien non ? lança Mathieu, les larmes aux yeux, pour essayer de détendre l'atmosphère.

Fookabec, la mine boudeuse, autant vexé par le larcin involontaire du panda roux que par l'attitude désinvolte de Mathieu, attrapa son moule et retourna dans sa cuisine du fond de la basilique. Le panda roux lui emboita le pas, tout en continuant à s'excuser et Mathieu les suivit pour ne pas rester seul.

- C'est marrant, ça me rappelle une vidéo que j'ai vue sur … commença Mathieu avant de se faire couper la parole par Fookabec.
- J'ai passé la moitié de la nuit à le chercher alors que j'ai tant de choses à faire ! En plus il me manque un ingrédient pour refaire du gâteau, poursuivit l'oiseau en scrutant les différents bocaux de l'étagère. Où est-ce que je vais trouver le temps d'aller en chercher ? Ajouta-t-il d'un air innocent.

- Qu'est-ce qu'il te manque ? demanda le panda roux sur un ton mielleux. On peut peut-être t'aider ?

- Vous pourriez en effet, répondit immédiatement Fookabec. J'ai juste besoin d'un peu de salive du dragon Toctoc.

Mathieu se retourna d'un coup vers le coucou.

- De quoi ? De la salive de dragon ?

- Tout à fait, oui, répondit-il la mine soudainement ravie. C'est cet ingrédient qui donne ses extraordinaires propriétés à mon gâteau. Et en plus, ça remplace les œufs dans la recette. C'est comme ça que j'obtiens cette double texture coulante fondante que tout le monde adore.

Devant l'apparente inquiétude de Mathieu, Fookabec tenta de le rassurer.

- Ce n'est rien de bien méchant. C'est un gentil dragon, il faut juste savoir s'y prendre.

- A ton service ! lança le panda roux en prenant Mathieu par la main et en l'embarquant d'un pas rapide à l'extérieur, craignant que Fookabec ne s'énerve de nouveau. On va y aller à pied, il dort souvent en haut des Buttes-Chaumont, ce n'est pas très loin.

Même s'il n'avait pas eu son mot à dire, Mathieu était si curieux à l'idée d'explorer son monde imaginaire, qu'il était globalement enclin à accepter tout et n'importe quoi, pourvu qu'il en découvre davantage. Alors qu'il avait passé le début de la nuit à errer en solitaire, le chemin emprunté par le panda roux pour trouver le dragon Toctoc l'emmena dans une zone très peuplée et ils se retrouvèrent rapidement au milieu de dizaines de créatures qui vaquaient à leurs occupations.

L'atmosphère qui y régnait était très différente de tout ce qu'il avait vu jusque-là. Les rues semblaient laissées à l'abandon, comme si son esprit avait oublié de les rendre réalistes. La nature avait repris ses droits sur l'espace urbain. Des touffes d'herbes trouaient le bitume ici et là, des fleurs roses sortaient des trottoirs et certains murs étaient recouverts de mousse. Toutes les créatures autour de lui discutaient entre elles, jouaient aux cartes ou marchaient simplement dans toutes les directions.

Plusieurs d'entre elles semblaient même avoir la responsabilité de gigantesques échoppes, dans lesquelles d'autres se pressaient à la recherche de vêtements ou d'accessoires de mode. A l'intérieur de chacune se dévoilait un espace si vaste qu'il était impossible d'en voir le bout, comme si elles s'étalaient sur plusieurs centaines de mètres. Chaque façade indiquait en lettres capitales les produits qui y étaient proposés. Sur la gauche, des chapeaux de toutes les formes, de toutes les couleurs et de toutes les tailles. Sur la droite, des rayons remplis de cravates. Un peu plus loin, des milliers de robes fleuries qui s'étendaient à perte de vue.

En passant devant une boutique de chaussures, Mathieu reconnut deux des singes qui faisaient de la trompette en train de jouer aux dés, accoudés à un tonneau de bistrot. Ils avaient abandonné leur tenue bariolée pour des habits plus sobres et plus courts, qui laissaient apparaître une abondante pilosité. Un peu plus loin, un mouton endimanché, coiffé d'une élégante capeline aux dimensions démesurées, caressait des foulards. Il se saisit de l'un d'eux et l'apporta à un castor affublé de petites lunettes, qui semblait être le responsable de ce magasin.

- Je voudrais celui-ci, lui dit-il.

Le rongeur attrapa un mètre à proximité et l'enroula autour du cou du mouton.

- Quatre-vingt-quatre centimètres, je t'apporte ça.

Il s'enfonça dans les longues allées de sa boutique et revint quelques instants plus tard avec un foulard à sa taille.

Le mouton sortit une dizaine de petits sachets de son sac banane, les déposa sur le comptoir et ajusta le foulard autour de son cou, puis poursuivit son chemin vers un autre magasin. Partout où se posaient les yeux de Mathieu, la scène se reproduisait de la même manière. Une créature trouvait une pièce de vêtement qui l'intéressait, la montrait à un marchand et l'échangeait contre un ou plusieurs petits sachets.

- Qu'est-ce qu'il y a dans ces sachets ? demanda Mathieu au panda roux.

- Des petits gâteaux miniatures. Lorsque Fookabec prépare du gâteau, il en fait aussi des mignardises qu'il ensachète et distribue à tout le monde. C'est plus simple à transporter et ça peut même s'échanger contre de jolis habits.

- Comme une sorte de monnaie ?

- Oui, on peut dire ça. Tu veux en goûter un ? J'en ai plein sur moi.

Mathieu réprima un petit rire.

- Dans ton petit sac banane ?

Le panda roux ouvrit sa sacoche en grand et la mit sous son nez.

- Mais c'est gigantesque !

- Ne te fie pas trop à la taille des choses ici. Tout est fait pour conserver une harmonie visuelle générale, mais les intérieurs sont souvent bien plus grands qu'ils en ont l'air.

- Un peu comme Mary Poppins, dit Mathieu en souriant.

Le panda roux acquiesça, puis plongea une patte dans son sac banane et en sortit deux petits sachets, en tous points similaires à ceux qui s'échangeaient autour d'eux.

- Hier tu n'as mangé qu'un petit bout de gâteau, prends-en un peu plus cette fois-ci, dit-il en les lui tendant. Avec cette dose, tu devrais ressentir de nouveaux effets intéressants.

- Ah ? Qu'est-ce qu'il va m'arriver cette fois-ci ? Demanda Mathieu intrigué.

- Tu verras, je ne voudrais pas te gâcher la surprise !

Mathieu déchira les sachets et ne fit qu'une bouchée des deux gâteaux miniatures. Pensif, il regarda de nouveau les va-et-vient dans les échoppes de vêtements.

- Et pourquoi échanger des habits contre des gâteaux ? Pourquoi ne vont-ils pas simplement se servir dans les magasins de la ville ? Ils sont tous ouverts.

Le panda roux le fixa droit dans les yeux, comme s'il avait posé une question stupide.

- Tu nous as bien regardés ? Tu crois qu'on trouve facilement des habits adaptés à nos gabarits ? Je serais bien incapable de rentrer dans des vêtements conçus pour des humains. Il n'y a que dans ces boutiques là qu'on peut s'en procurer à notre taille.

Mathieu s'apprêtait à lui répondre, quand il se sentit de nouveau très léger. Sans y prendre garde, il se retrouva à flotter quelques centimètres au-dessus du sol. Le gâteau produisait déjà son effet.

- Je ne ressens rien de plus, dit-il un peu déçu.

- Sois patient, ajouta le panda roux tout en continuant à marcher.

Mathieu aurait aimé le suivre en flottant, mais sa vitesse à basse altitude était bien trop réduite. Il reposa ses pieds sur le bitume et revint à la hauteur de l'animal.

A quelques mètres derrière eux, le mouton avait fini ses emplettes. Il regardait au loin, droit devant lui, comme s'il était sur le podium d'un défilé, le museau haut, les yeux plissés et le sabot souple. Son sac banane était grand ouvert contre sa poitrine. Autour de lui, plusieurs groupes de créatures l'observaient, lui souriaient ou s'inclinaient sur son passage. Un mélange de tension, de jalousie et d'admiration émanait des badauds, qui commentaient allégrement sa tenue.

- Comment a-t-il pu s'acheter ce chapeau ? Tu sais combien ça coûte ? Au moins cent cinquante gâteaux, dit un petit singe à un autre juste à côté de lui.

- Jamais je ne pourrai en obtenir autant, se désola ce dernier.

Le mouton arriva à leur niveau et les deux singes se hâtèrent de le saluer. L'animal laineux fit mine de ne pas les avoir vus et poursuivit son chemin comme si de rien n'était. Les deux singes plongèrent alors une main dans leur propre sac banane, en sortirent chacun un petit gâteau ensaché et les firent tomber dans celui du mouton avant qu'il ne s'éloigne.

- Quelle élégance tout de même ! dit le premier.

- Oui, il mérite ce qui lui arrive, ajouta le second.

Mathieu, trop fasciné par toutes ces créatures toujours plus nombreuses autour de lui, ne remarqua rien de cette scène. Chacune d'entre elles, lorsqu'ils les croisaient avec le panda roux, leur souriait et leur adressait un mot gentil auquel eux répondaient en retour.

A la jonction de deux chemins, Mathieu aperçut une silhouette féminine de dos vêtue d'une jolie robe à motifs. Elle était coiffée d'un grand chapeau qui tombait sur ses épaules, similaire à celui que portait l'inconnue rencontrée au supermarché la première nuit. L'estomac de Mathieu se noua et son cœur accéléra. Il l'avait retrouvée. Elle était là, devant ses yeux, à quelques mètres de lui. Il s'approcha lentement d'elle et tapota sur son épaule pour ne pas l'effrayer.

- Excusez-moi, murmura-t-il à son oreille, la faisant se retourner.

Mathieu se figea à la vue de son visage. Ce n'était pas la belle inconnue qui lui avait donné l'heure. C'était un poisson. Ou plus exactement, une carpe. Surprise, la créature le fixa un instant, puis le salua d'un « bonjour » interrogatif. En prononçant ces deux syllabes, sa bouche ronde ondula et attira l'attention de Mathieu. Deux longues excroissances, situées juste au-dessus de sa lèvre supérieure, lui donnaient un air de Dali. Le reste de son corps, moulé dans sa robe à fleurs, ressemblait à s'y méprendre à celui d'une femme. En la regardant avec davantage d'attention, Mathieu remarqua d'autres détails qui trahissaient sa véritable nature. Elle avait une peau écailleuse au niveau de son décolleté et des nageoires qui dépassaient de ses manches. Comme il ne la salua pas en retour, la carpe n'ajouta rien et ils se dévisagèrent un long moment en silence.

Mathieu finit par reprendre ses esprits et s'excusa, lui expliquant l'avoir prise pour quelqu'un d'autre. La carpe discuta un instant avec le panda roux, dévoilant un accent du Nord à couper au couteau, puis ils reprirent leur route en direction du dragon Toctoc.

Alors qu'ils s'éloignaient, la carpe continua de les suivre du regard et le mouton s'arrêta à côté d'elle.

- Il est particulièrement mal habillé celui-là, lança-t-il en toisant Mathieu de loin. A-t-on idée de se promener ainsi sans chapeau ? Nu-tête comme un manant. Quel grossier personnage.

- Et regarde-moi ce pantalon. Il n'a aucun goût. Ou simplement pas de gâteaux, ajouta la carpe.

- Le panda roux aurait pu lui en avancer. Même le plus vilain des bobs aurait été préférable à rester ainsi en cheveux. C'est d'une vulgarité.

Mathieu n'entendit pas les commentaires des deux créatures et poursuivit sa route tranquillement avec le panda roux. A mesure qu'ils avançaient, la végétation s'intensifiait. Les murs des bâtiments s'effaçaient progressivement derrière un lierre galopant et des arbres de plus en plus grands se retrouvèrent en plein milieu de la chaussée. Au bout d'un moment, plus rien n'indiquait qu'ils se trouvaient encore à Paris. Seules les fleurs roses, devenues gigantesques et ne semblant pousser que sur les trottoirs, délimitaient encore le chemin principal que la faune locale continuait d'emprunter. Mathieu se retrouvait plongé au beau milieu d'une forêt dense et luxuriante.

Le pelage de chaque créature, la texture de chaque plante, les couleurs de chaque fleur, tout semblait encore plus net, plus coloré et plus réel qu'auparavant. Sans même les toucher, Mathieu percevait dans les extrémités de ses doigts les textures qu'il voyait. L'air était saturé de senteurs volatiles qui s'engouffraient dans ses narines et provoquaient la résurgence d'émotions liées à des souvenirs que seules des odeurs peuvent raviver. Perdu dans ses pensées, Mathieu se focalisa pendant plusieurs minutes sur un bruit de clapotis en provenance d'un étang à proximité. Lorsqu'il se remit à marcher, les lèvres entrouvertes, un pollen s'y engouffra et distilla un puissant goût citronné sur ses papilles. Chaque frottement de patte foulant le sol, chaque objet manipulé, chaque conversation semblait se dérouler sur le pavillon de son oreille. Il avait l'impression de tout entendre, de tout voir, de tout sentir et finit par comprendre qu'il s'agissait des fameux effets supplémentaires des gâteaux miniatures. Ses cinq sens étaient comme exacerbés et cette soudaine acuité l'excita encore davantage que la veille.

Après avoir parcouru une nouvelle centaine de mètres, Mathieu et le panda roux finirent par s'extraire de la micro-forêt. Ils étaient arrivés au pied de la butte et faisaient face à un grand portail entrouvert. Les fleurs jaunes, le lierre, les arbres, toute la végétation luxuriante s'arrêtait à cette barrière métallique, au-delà de laquelle la ville retrouvait un aspect tout à fait normal. De la même manière, aucune créature ne semblait intéressée par cet endroit et le binôme se retrouva subitement seul.

Ils s'engagèrent dans le parc pentu qui menait au sommet de la butte et, une fois arrivés en haut, Mathieu se mit à scruter les alentours à la recherche du mystérieux dragon.

- Regarde, il est endormi juste-là, chuchota le panda roux en pointant d'une patte un renfoncement entre deux reliefs. Reste discret, le moindre bruit pourrait le réveiller.

Mathieu tourna les yeux et aperçut la bête, allongée de tout son long au milieu de buissons qui recouvraient une bonne partie de son corps. Elle ne ressemblait pas du tout à l'idée qu'il s'en était faite. Son imaginaire, nourri de films et séries fantastiques, avait projeté dans son esprit l'image d'une gigantesque et féroce créature ailée, à l'opposé de celle qui lui faisait face. Le corps long et fin comme un gros serpent, la bête ressemblait plutôt à une sorte de dragon asiatique, avec quatre pattes semblables à celles d'un vautour, une queue enflammée et une imposante gueule velue qui laissait entrevoir une dangereuse dentition. Son tronc était recouvert d'écailles noires, la peau de son ventre était bleu azur et celle de son visage rouge sang. De chaque côté de ses naseaux, deux longs poils épais ondulaient sur le sol et renvoyaient à la même image de Dali que celle de la carpe. Elle ne portait aucun habit ou accessoire, en dehors d'une grande perruque blanche de type Louis XIV qui lui arrivait jusqu'au cou.

- Comment va-t-on s'y prendre pour récupérer sa salive ? demanda Mathieu.

Le panda roux sortit une gourde de son sac banane et lui montra d'un geste simple comment remplir le réceptacle du précieux liquide. Mathieu fixa la grande gueule du dragon et s'imagina en train d'y engouffrer sa main. L'exercice semblait assez simple, puisque le dragon dormait et qu'il ne semblait pas s'agiter le moins du monde, mais malgré l'état d'excitation dans lequel il se trouvait grâce aux gâteaux miniatures, l'idée de mettre une partie de son corps entre deux dents aiguisées comme des couteaux le fit frissonner. Même s'il avait beau se savoir tranquillement endormi dans son lit, il se rappela très bien les douleurs ressenties la veille lorsqu'il avait fracassé la fenêtre de son bureau.

En face de la créature, une étrange zone de terre circulaire, dans laquelle aucun buisson ne semblait avoir jamais poussé, s'étendait sur plusieurs mètres de diamètre. A peine Mathieu avait-il remarqué ce détail, que le torse du dragon se gonfla, ses narines se contractèrent et un puissant appel d'air fit tournoyer les branchages, les poussières et tout ce qui se trouvait à proximité. Au bout de plusieurs secondes de cette micro-tempête, le dragon expira l'air emmagasiné. Tout ce qui venait d'être attiré fut brutalement repoussé et un puissant vacarme retentit sur la butte, suivi d'un impressionnant jet de flammes qui recouvrit entièrement la zone de terre. Surpris par la violence et la soudaine chaleur qui s'en était dégagée, Mathieu tomba à la renverse.

- Il crache du feu en dormant ? chuchota-t-il sur un ton paniqué. Tu t'es bien gardé de me parler de ça. On ne peut pas l'approcher sans risquer de se faire carboniser !

- Effectivement. Moi je ne peux pas avec mes petites pattes de panda. Je ne cours pas assez vite. En revanche, toi tu peux y arriver sans problème.

Mathieu le fixa avec un regard noir. Il n'avait pas imaginé une seconde réaliser l'opération tout seul et encore moins braver un lance-flammes géant. Le dragon cracha de nouveau son feu destructeur et fit tressaillir Mathieu de plus belle. La perspective de frire dans des flammes ne le réjouissait guère.

- Hors de question que j'y aille, dit-il d'un ton ferme.

- Ah si ! C'est important ! On s'est engagés auprès de Fookabec !

- Je n'ai rien à y gagner moi, tu n'as qu'à lui dire d'y aller lui-même.

- Non, non, non, tu ne te rends pas compte ! On ne peut pas se permettre d'avoir une rupture dans les stocks de gâteaux, les gens deviendraient fous ! Sans parler de la fureur que ça déclencherait chez Fookabec. Tu dois y aller !

Le panda roux devenait nerveux. Il se dirigea vers un buisson à proximité et disparut à l'intérieur sous l'œil intrigué de Mathieu, puis en ressortit quelques instants plus tard avec un grand pavois en métal quatre fois plus grand que lui.

- Regarde, tu ne cours aucun danger avec ça. Tiens ce bouclier d'une main et la gourde de l'autre. Quand le dragon se met à inspirer, tu te protèges derrière et tu attends que la tempête de flammes soit passée, puis tu repars. C'est comme ça que Fookabec s'y prend et tu vois bien qu'il est toujours en vie.

- Vous êtes dans ma tête ! Évidemment qu'il est toujours en « vie » ! répliqua Mathieu en mimant des guillemets avec ses doigts. Qu'est-ce que tout ça signifie à la fin ? Quel est le but de ce rêve ? demanda-t-il agacé, mais toujours en chuchotant.

- Si tu m'aides à récupérer cette salive, je te dis tout ce que je sais, lui répondit le panda roux fébrilement.

- Non mais c'est pas vrai ! Me voilà à me faire chanter moi-même maintenant.

Sans discuter davantage, Mathieu arracha le bouclier des pattes de l'animal et commença à le manipuler pour se familiariser avec. Il s'entraina plusieurs fois à le positionner d'un geste vif devant lui, puis à le relever sur le côté en se mettant à courir.

- Tu as intérêt à tenir ta promesse, lança-t-il au panda roux.

Une fois qu'il se sentit prêt, il se posta au plus près de la zone d'embrasement, bouclier dans la main gauche et gourde ouverte dans la main droite.

« C'est exactement comme dans mon jeu vidéo, sauf que je suis vraiment dans la peau de mon personnage » se répéta-t-il plusieurs fois pour se rassurer.

Le dragon inspira, expira et souffla son puissant jet de feu. Le cœur de Mathieu accéléra subitement. C'était le moment d'y aller. Dès que le feu cessa, il bondit sur le sol calciné et courut à toute allure en direction de la bête endormie. La course lui parut durer une éternité, tant il était focalisé sur la gueule du dragon, à l'affût du moindre signe qui indiquerait un prochain départ de feu. Alors qu'il avait déjà parcouru la moitié du chemin, le dragon inspira de nouveau. Mathieu posa le pavois au sol et eut à peine le temps de se recroqueviller sous sa protection que le dragon enflamma la zone. Le bouclier avait rempli son rôle. Il avait ressenti une intense chaleur, mais les flammes ne l'avaient pas atteint. Une fois la tempête passée, il se remit à courir et, devant la gueule entrouverte de la bête, allongea son bras afin d'y insérer la gourde.

A son grand désarroi, malgré l'entrebâillement, son énorme dentition l'empêchait d'y introduire l'objet. Il poussa de toutes ses forces, mais c'était peine perdue, l'écart était trop petit et les dents ne bougeaient pas d'un pouce. Son cœur accéléra de plus belle et de grosses gouttes se mirent à perler sur l'ensemble de son visage. Le passage était impossible.

- Essaie par le côté ! lui hurla le panda roux, sans plus prêter la moindre attention au sommeil du dragon. Au niveau de la commissure des lèvres !

Mathieu fit quelques pas sur la droite et réalisa que son acolyte avait vu juste, les molaires n'allaient pas jusqu'au fond et laissaient un passage plus large par lequel il parvint à plonger sa gourde. Il racla l'épaisse lèvre intérieure sur laquelle s'agitait le liquide visqueux et sortit le bras aussi vite qu'il l'avait rentré. Une fois son prélèvement terminé, il se retourna pour partir se réfugier en lieu sûr, mais au même moment, le torse du dragon se gonfla de nouveau. L'expiration était imminente et il n'était pas certain que le bouclier réussisse à le protéger si près du départ de flammes. Il plongea alors une main dans sa poche, sortit le bouchon qu'il y avait glissé, ferma la gourde et la lança le plus loin possible en direction du panda roux. A peine avait-il reposé le bouclier au sol, en le penchant sur lui pour se protéger au mieux, que le dragon cracha une nouvelle fois.

Tout se déroula alors très vite. Comme le craignait Mathieu, en moins de temps qu'il n'en fallut à la gourde pour retomber au sol, les flammes étaient cette fois-ci arrivées de toutes parts et l'avaient complètement enrobé.

Il s'était totalement désintégré.

Une simple tarte au citron

Mathieu se réveilla en sursaut dans son lit. Il était trois heures du matin. Son corps était en sueur et son cœur battait à tout rompre. Il avait un mal de crâne abominable qui lui cintrait le front et éprouvait les plus grandes difficultés à respirer, l'obligeant à prendre de longues inspirations pour s'oxygéner. Il resta allongé un moment sur le dos, le temps de recouvrer une condition physique qui lui permette de se lever.

Lorsqu'il se sentit prêt à tenir sur ses deux jambes, il se leva et se dirigea vers la salle de bains. Dans la pénombre, il se prit les pieds dans des affaires qu'il avait oubliées au sol et manqua de tomber à la renverse. A cause de ses aventures nocturnes, de sa présentation du début de semaine et de son rapprochement avec Louise, sa rigueur habituelle en avait pris un coup.

Il s'approcha du miroir et s'ausculta sous tous les angles, à la recherche d'éventuelles traces de brûlures. Une telle douleur n'avait quand même pas pu n'exister que dans son esprit. Nez, yeux, bouche, dents, le visage paraissait indemne. Les mains également. Il leva les bras, pas la moindre rougeur, ni dessus, ni dessous. Rien sur le torse, il se tourna de trois-quarts, rien sur le dos. Il baissa les yeux vers les cuisses, les pieds, tout allait bien. Aucune trace de la moindre brûlure. Il revit le feu s'abattre sur lui et se remémora l'insupportable sensation de déchirement qu'il avait ressentie dans sa chair. Rien qu'en y repensant, une bouffée de chaleur l'envahit et lui donna la nausée. Il retourna dans son lit et tenta de se rendormir, mais les images de cet horrible moment se répétaient en boucle dans son esprit et l'en empêchèrent, lui faisant par là même réaliser que ces rêves pouvaient l'affecter au-dehors. Au-delà du traumatisme, et bien qu'il ne présentât aucune trace sur le corps, la douleur physique qu'il avait ressentie semblait tout sauf imaginaire.

Il réfléchit longuement à ce qui venait de lui arriver et, après avoir pesé le pour et le contre, se promit de ne plus jamais se laisser embarquer dans ce drôle de monde. Si ce qui se passait dans sa tête mettait en péril sa santé, le jeu n'en valait pas la chandelle.

Après avoir pris cette décision, il réfléchit au meilleur moyen de la respecter, car sa volonté seule ne suffirait pas à l'empêcher de rêver. Une solution simple lui vint alors à l'esprit. Dès l'instant où il verrait la montre dorée à son poignet, il tirerait la couronne et retournerait ainsi au plus vite à la réalité. En agissant rapidement, il se mettrait à l'abri de tout événement qui pourrait l'affecter de quelque manière que ce soit.

L'heure du lever arrivant sans qu'il ne soit parvenu à refermer l'œil, Mathieu se prépara pour sa journée de travail et prit le chemin du métro avec la ferme intention d'oublier toute cette histoire.

Une fois sur le quai, l'engin déboula rapidement dans un bruit assourdissant, dévoilant un à un ses wagons bondés à la foule de passagers désabusés qui attendaient à ses côtés. Par miracle, celui qui s'arrêta à son niveau s'ouvrit sur un siège libre. Il s'assit, sortit son téléphone et se plongea comme à son habitude dans Tiktok pour se changer les idées.

Un jeune homme en train de danser apparut à l'écran. Cette vidéo ne l'intéressait pas et il passa immédiatement à la suivante. Son index droit en fit ainsi défiler une dizaine, avant de s'arrêter sur un petit mouton noir qui dévalait une colline verdoyante en sautillant sur une musique entrainante. Cette vidéo lui redonna le sourire et lui rappela le mouton au foulard. Dans la foulée, il se remémora toutes les autres créatures qu'il avait vues cette nuit-là. Mathieu se ressaisit et passa à la vidéo suivante. Il ne voulait plus repenser à tout ça.

Une femme en train de découper une pitaya avec un énorme couteau remplaça alors la boule de laine sur ressorts. Le bruit qu'elle faisait était intense, de sorte que Mathieu entendait distinctement chaque craquement, comme si le micro y avait été placé à l'intérieur. Une fois le fruit en tranches, la femme les porta une à une à sa bouche, absorbant leur contenu et générant de longs bruits de succion, ce qui, aussi surprenant que cela puisse paraître, détendit Mathieu.

Les vidéos suivantes s'enchainèrent à un rythme effréné, montrant pêle-mêle un tutoriel pour fabriquer un objet en céramique, des astuces pour réaliser un beau PowerPoint, une partie d'échecs en accéléré et une analyse de jeux vidéo. Mathieu était absorbé par ce flux d'images saccadées qui capta toute son attention jusqu'à son arrivée au bureau.

Une fois installé devant son ordinateur, il rangea son téléphone et se mit à organiser les interviews qu'il devait mener pour son projet. Absorbé par son travail, la matinée passa en un claquement de doigts. L'heure du déjeuner arriva sans que rien ne soit venu troubler sa concentration et il se rendit à la cantine, toujours un peu fatigué par sa nuit.

- Et alors ? On ne se rase plus ? lui lança Éric, à mi-chemin entre la blague et le rappel à l'ordre.

Mathieu passa sa main sur son menton et se rendit compte qu'il avait effectivement oublié de se raser avant de partir. Ajouté à cela un vilain épi derrière le crâne, des yeux bouffis par le manque de sommeil et un teint livide, le spectacle qu'il donnait était en effet assez désolant. Il inventa une excuse et s'empressa de rejoindre Thibault qui se servait déjà au buffet. Mathieu choisit une petite salade de lentilles, un steak végétal accompagné de ratatouille et une tarte au citron. Il avait extrêmement faim et, une fois installé, engloutit en quelques bouchées les deux premières assiettes.

Lorsqu'arriva le tour de la tartelette, il eut la désagréable sensation que quelque chose n'allait pas. La pâtisserie n'était pas mauvaise en soi, mais elle lui paraissait tout à fait insipide. Son goût citronné lui rappela le pollen, autrement plus savoureux, qui s'était engouffré dans sa bouche pendant la nuit. Ses papilles souffraient de la comparaison. Comme pour le mouton, il tenta de chasser ce souvenir non sollicité, mais celui-ci était trop puissant. Il n'avait plus que cette image en tête. Celle de sa bouche entrouverte succombant aux délices acidulés d'un imperceptible pollen. La voix de Thibault, qui venait de monter en volume, le sortit alors de ses pensées.

- Tablembois a gagné, c'est tout, c'est plié, lança-t-il vigoureusement à une collègue assise en face de lui.

- Je n'en suis vraiment pas si sûre, lui rétorqua-t-elle. J'ai ouï-dire que Tipex était parti se plaindre assez haut.

- Peu importe, elle fait partie des meubles ici. S'il s'obstine, elle l'écrasera. Ils ne sont clairement pas faits du même bois.

Mathieu remarqua que Thibault le regardait du coin de l'œil, comme s'il s'attendait à ce qu'il rigole à son double jeu de mot. Mais le souvenir du pollen l'obsédait trop pour y prêter davantage d'attention. La tarte au citron avait ouvert une brèche dans laquelle tous les autres souvenirs plaisants de sa nuit s'engouffraient maintenant les uns après les autres. Il se rappela le fou rire à la vue du panda roux coincé dans son moule, l'exaltation de ses sens après avoir mangé les deux gâteaux miniatures et le pic d'adrénaline lorsqu'il s'était élancé vers le dragon Toctoc. Une petite voix intérieure s'était réveillée en lui et l'incitait à poursuivre son exploration onirique.

Après quelques instants de doute, Mathieu se rappela les souffrances causées par le dragon Toctoc et revint à la raison. Peu importe les plaisirs qu'il tirait de ce rêve, dès qu'il s'y trouverait de nouveau, il en ressortirait sans délai. C'était non négociable.

Toute la tablée continua d'ironiser sur l'affaire « Tipex », mais malgré ses efforts, Mathieu avait toujours le plus grand mal à penser à autre chose. Dès que son attention se relâchait, les moments plaisants de sa nuit refaisaient surface.

Sa première réunion de l'après-midi, dans laquelle il n'avait presque rien à dire, ne l'aida pas à penser à autre chose. Sa concentration de façade laissait le champ libre à son esprit pour s'évader où bon lui semblait. Heureusement, ou malheureusement car il n'avait rien écouté de ce qui s'était dit, une voix finit par le sortir de ses pensées.

- Quel est ton avis Mathieu ? entendit-il.
Éric l'avait visiblement pris en grippe depuis ce midi. Surpris et gêné, Mathieu fournit une longue réponse alambiquée qui ne répondait en rien à sa question, mais lui permit de s'extraire de ce mauvais pas et de reconnecter au moment présent. Pour éviter de replonger dans ses souvenirs, il se mit à traiter ses e-mails, occupant ainsi son esprit et

écartant ses pensées obsédantes pour le reste de la journée.

Alors qu'il s'apprêtait à fermer son ordinateur et à rentrer chez lui, Louise arriva à son niveau.

- On va où alors ? lui lança-t-elle, le regard aussi pétillant que la veille.

Mathieu devint blême. Comment avait-il pu oublier son rendez-vous avec elle ?

- C'est une surprise ! lui répondit-il, d'un air le plus naturel possible. Je fais une petite pause technique et on y va.

Mathieu se précipita aux toilettes et appela le restaurant auquel il avait pensé lorsqu'il l'avait invitée.

- Est-ce qu'il vous reste une table pour deux ce soir ? demanda-t-il en priant pour que la réponse soit positive.

Par chance, une table venait de se libérer. Soulagé, Mathieu retourna auprès de Louise et ils partirent tous les deux en direction du restaurant. Il n'avait même pas remarqué qu'elle s'était coquettement apprêtée pour l'occasion. Elle était allée chez le coiffeur, s'était maquillée et portait un petit tailleur de marque.

Une fois assis à leur table et les plats commandés, la conversation s'installa avec peine. Ils avaient déjà échangé sur les banalités de la journée pendant le trajet et Mathieu ne savait plus vraiment quoi lui dire.

- Tu ne m'as pas raconté tes vacances à la montagne ? C'était comment ? lui lança-t-il après une intense réflexion. Ça sentait un peu le réchauffé, mais c'était mieux que rien.

- C'était super ! répondit Louise, en le regardant avec des yeux de merlan frit. On était dans les Pyrénées et on a …

Douze mots. Quatre secondes soixante-seize centièmes. C'était le maigre décompte qu'il fallut à Mathieu pour que son esprit s'évade du moment présent. Il hochait de la tête de temps à autre et n'intervenait que par des « oh » ou des

« super ça », dès qu'il sentait un ralentissement dans le débit de parole de Louise.

Après avoir épuisé ce sujet, elle en lança un autre, puis face au manque de répondant de son interlocuteur, embraya sur un troisième.

Mathieu était définitivement ailleurs. Il parvenait de moins en moins à rebondir, incapable de s'intéresser à ce qu'elle lui disait, ni à trouver quoi que ce soit d'intelligent à dire. Pourtant il essayait, mais malgré ses efforts, rien ne lui procurait le moindre enthousiasme. Les douloureux souvenirs de son embrasement avaient fini par s'estomper et ceux plus joyeux de sa nuit faisaient un retour en force dans son esprit. Conscient de son incapacité à être dans l'instant, il se rabattit sur l'alcool. Un verre de blanc, puis de rouge, puis encore de blanc.

- Attention ! Tu connais le proverbe ! Rouge sur blanc, tout fout le camp, lança Louise pour tenter de détendre l'atmosphère.

Mathieu lâcha un rire forcé et se resservit un verre de vin rouge. Ils n'avaient vraiment plus grand-chose à se dire.

A la faveur d'une sorte d'accord tacite, qui visait à leur éviter tous deux un moment gênant, ils mangèrent rapidement et le diner s'acheva au bout d'une petite heure. Par politesse, ils se remercièrent l'un l'autre pour la soirée et rentrèrent chacun de leur côté.

En arrivant chez lui, Mathieu réalisa qu'il était ivre. Il avait fini la bouteille de vin en partant et l'alcool était monté en lui aussi vite qu'un singe affamé sur un bananier. Il s'affala sur son canapé et ne reprit connaissance que dans son lit, face au ciel rose.

Le lapin blanc, la carpe et l'araignée

Étendu sur le dos, Mathieu avait toujours sa bonne résolution en tête. Il porta son poignet au niveau de ses yeux et attrapa la couronne de sa montre entre deux doigts. Il n'avait plus qu'à tirer dessus pour se réveiller.

Alors qu'il s'apprêtait à réaliser ce geste simple, une odeur familière vint lui chatouiller les narines. Son regard fureta autour de lui et se posa sur sa table de chevet. Une assiette en porcelaine, dans laquelle se trouvait une part de gâteau, y était posée. Immobile, Mathieu contempla le nappage blanc à la texture glacée. Son pouce et son index droits compressaient toujours la minuscule roue dentée, mais son cerveau était en ébullition, tiraillé entre la promesse qu'il s'était faite de quitter ce rêve sans délai et l'envie de manger, une dernière fois, de ce savoureux gâteau.

Dans un élan de lucidité, il pressa davantage la couronne entre ses doigts pour l'extraire de son orifice, mais ne parvint pas à aller plus loin. Sa main était comme figée. Un irrésistible goût de reviens-y s'était emparé de tout son être et chaque seconde qui s'écoulait étiolait davantage sa volonté. Il avait tant lutté pour oublier l'excitation procurée par ce monde onirique, que son envie prenait maintenant le pas sur sa raison. Comme un petit village, protégé par une digue, qui repousse l'inévitable depuis des années et dont la submersion sera d'autant plus violente que l'eau s'y est accumulée. Aucune douleur, ni celle de son épaule déboitée, de ses bras ensanglantés ou de sa violente combustion, n'était de taille à lutter contre l'odeur de ce gâteau, qui faisait remonter en lui tous les souvenirs plaisants qu'il s'était évertué à oublier. Mathieu lâcha la couronne, s'adossa au mur de son lit et engloutit la part de gâteau.

« Juste une heure et après je me réveille » se fixa-t-il comme délai pour ne pas s'avouer qu'il avait craqué, tout en sachant pertinemment que cet écart était le péché originel de tous les suivants. Il s'habilla rapidement, porté par les effets du gâteau qui commençaient déjà à se faire ressentir, et quitta sa chambre en trombe, de nouveau animé par le désir de la découverte.

A peine avait-il franchi la porte en verre de sa cour intérieure, qu'il se retrouva nez-à-nez avec un sympathique comité d'accueil bigarré. Des centaines de créatures s'étaient réunies devant son immeuble, avec le panda roux, le gros panda et Fookabec en tête. En balayant la foule du regard, il reconnut aussi la carpe et le mouton. Ils avaient tous deux changé de couvre-chef et portaient à présent une élégante perruque blanche, semblable à celle du dragon Toctoc. Ils étaient également vêtus d'un long manteau en hermine et de souliers à talons rouges, dans le style des derniers rois de France. Parmi les autres créatures présentes, toutes habillées de tenues tantôt chics, tantôt loufoques, l'attention de Mathieu s'arrêta sur un adorable trio de poussins aux dimensions impressionnantes.

Chacun d'eux mesurait un bon mètre de hauteur et était coiffé d'un chapeau en forme de demi-coquille d'œuf, craquelée en dents de scie. Malgré l'apparente similarité des trois poussins, Mathieu remarqua un détail qui les différenciait. Les brisures frontales de leur chapeau n'étaient pas les mêmes et donnaient l'illusion d'un « M », d'un « N » ou d'un « W ».

Leur plumage jaune et juvénile semblait si doux qu'il voulut y glisser ses doigts, d'autant que le gâteau lui donnait envie de toucher tout ce qu'il voyait. Mais après une courte réflexion, il retint son geste, se rappelant la fois où il avait tenté de caresser le gros panda et s'était fait méchamment grogner dessus.

Il continua d'observer la foule et son regard se retrouva happé par une bête absolument hideuse, qui contrastait avec la mignonnerie des poussins. Il s'agissait d'une araignée géante. Et elle se tenait debout face à lui. Chacun de ses huit membres, recouverts d'un épais tapis de poils sombres, sortait de part et d'autre d'une jolie robe à fleurs bien trop courte, qui laissait entrevoir un énorme abdomen boursouflé au rythme de sa respiration. Elle confectionnait une sorte de petit bonnet en soie avec deux de ses pattes et tenait une tasse grâce à une troisième. Sous le regard médusé de Mathieu, elle porta le récipient à sa bouche et ses deux grosses mandibules velues se soulevèrent, dévoilant d'effrayants crochets à venin. Comble de l'horreur, son énorme tête était criblée de huit yeux sans pupilles, d'un noir si profond que rien ne s'y reflétait, de sorte qu'il était impossible de savoir ce qu'elle regardait réellement. Mathieu, incapable d'observer davantage cette immonde créature, détourna rapidement le regard au profit d'un petit lapin blanc qui se tenait non loin d'elle.

Le rongeur, bien plus mignon, était affublé de petites lunettes rondes qui lui tombaient sous les yeux. Il portait une jolie veste rouge, un pantalon gris et tenait un parapluie dans la patte gauche, ainsi qu'une énorme montre à gousset dans celle de droite. Comme la carpe et le mouton, il était coiffé d'une impressionnante perruque à bouclettes qui lui arrivait presque jusqu'aux cuisses. Ce lapin parut étrangement familier à Mathieu. Il était certain de l'avoir déjà vu quelque part, mais se trouva bien incapable de se rappeler en quelles circonstances.

En parcourant de nouveau l'assemblée qui lui faisait face, il se souvint de la femme au chapeau croisée dans le supermarché et espéra un instant la voir, mais fut rapidement attiré par une autre créature encore plus belle que sa mystérieuse inconnue.

Au milieu de la foule, une sirène était assise en amazone sur la coquille d'un bernard-l'hermite. Elle passa une main dans sa chevelure argentée et en éblouit Mathieu presqu'autant qu'avec sa beauté. Son visage était en tous points parfait. Elle avait la peau lisse, d'un blanc immaculé, ponctuée au niveau des joues d'adorables petites taches de rousseur, et un petit nez retroussé, si bien proportionné qu'il semblait avoir été façonné par la main de l'homme. Ses lèvres pulpeuses formaient une légère ondulation sur l'arc de cupidon et de longs cils entouraient ses yeux en amande, soutenant la profondeur d'un regard dont, comme avec la femme au chapeau, Mathieu n'arrivait plus à se détacher. La foule le regardait, alors que lui n'avait d'yeux que pour elle. Après quelques secondes de flottement, Fookabec frappa dans ses ailes et démarra une salve d'applaudissements, qui fut suivie par l'ensemble des autres créatures autour de lui.

- In-croy-able, in-croy-able ! Ce que tu as accompli hier était absolument in-croy-able, répéta l'oiseau.

- Brave garçon, lança la carpe.

- Quel courage ! dit le lapin blanc en tapotant sur son énorme montre avec son parapluie.

- Merci infiniment ! s'écrièrent en chœur les trois poussins entre plusieurs cui-cui juvéniles.

Chaque créature le félicitait à sa manière, avec un bon mot, un superlatif ou une formule de circonstance, tout en maintenant des applaudissements soutenus.

- Je savais que tu y arriverais, dit le panda roux d'un ton affectueux en s'approchant de lui.

- Vous me remerciez pour la salive de dragon ? demanda naïvement Mathieu.

- Évidemment ! Tu n'imagines pas à quel point tu nous as rendu service, répondit Fookabec. Tu m'en as rapporté assez pour préparer du gâteau pendant des mois.

Bien que cette drôle de mission l'ait amené à se faire carboniser, Mathieu n'avait étrangement aucune envie de blâmer qui que ce soit. Ni même d'en reparler. Le souvenir de la douleur avait complètement disparu.

« Il ne s'agit après tout que d'un rêve » se dit-il pour relativiser ce qui lui était arrivé. A l'inverse, l'accueil que lui livraient toutes ces créatures le toucha profondément. Il ne se rappelait pas avoir été au centre d'un tel tourbillon de reconnaissance depuis bien longtemps. La sincérité et l'émotion qui se dégageaient de cette foule l'enrobaient et en devenaient presque palpables.

Le grand groupe se mit en marche et partit s'installer dans un parc à proximité, au centre duquel un appétissant gâteau fraichement préparé par Fookabec trônait sur une grande table oblongue nappée de blanc. Fookabec s'avança vers Mathieu et lui en servit une part généreuse.

- Double dose pour toi aujourd'hui, mais c'est vraiment à titre exceptionnel, lui dit-il en tendant une assiette d'un œil malicieux.

Mathieu le remercia, même si la part qu'il avait mangée dans son lit produisait déjà pleinement ses effets. Autour de lui, certaines créatures lévitaient, d'autres étaient assises dans l'herbe chatoyante ou affalées dans des fauteuils disposés aux quatre coins du parc.

- A Mathieu ! lança Fookabec en levant son assiette aussi haut que son aile le lui permettait.

- A Mathieu ! répéta la foule, en reproduisant le même geste.

Un silence de cathédrale s'abattit quelques instants, chacun savourant sa part avec délice. Près de Mathieu, le lapin blanc s'était installé sur un large canapé rose et portait lentement à sa bouche de toutes petites cuillerées du gâteau. L'animal remarqua sa présence et engagea la conversation.

- Que penses-tu de cet endroit ? Tu t'y plais ?

- Oui beaucoup, enfin sauf quand je finis en méchoui, laissa échapper Mathieu sur un ton sarcastique.

Le panda roux entendit la remarque et, honteux de ce qu'il lui avait fait subir, baissa la tête si bas qu'il se mit du gâteau sur le front, avant de disparaître à l'intérieur du grand fauteuil dans lequel il était assis. A l'inverse, le mouton qui se trouvait également à proximité lui jeta un regard outré. Il n'avait visiblement pas goûté à ce trait d'humour. De toute façon, Mathieu n'avait aucune envie de reparler de cette histoire et souhaitait surtout que le panda roux tienne sa promesse.

- Même si, pour ne rien te cacher, je ne comprends toujours pas le sens de tout ça. Tu ne devais pas me donner des explications ? ajouta-t-il en haussant la voix en direction du fauteuil qui dissimulait le panda roux.

Des oreilles rousses et deux petites billes noires remontèrent lentement derrière l'accoudoir.

- Tu ne lui as encore rien dit ? demanda le lapin blanc en regardant à son tour le panda roux.

- De quoi ? Pardon *ch*e ne t'ai pas entendu, *ch*'étais trop occupé à *ch*avourer *ch*ette e*ch*quise pâti*ch*erie, dit-il en se redressant cette fois-ci complètement.

- Eh bien pourquoi il se retrouve ici toutes les nuits ?

Le panda roux termina sa bouchée et lui répondit sèchement.

- Je m'apprêtais à le faire.

Mathieu, à présent tout ouïe, était ravi de cette réponse. Il y avait donc bien une explication à tout ça. Ou alors son esprit s'apprêtait encore à lui jouer un tour. A vrai dire il n'en savait réellement rien.

- J'attendais que tu aies passé plusieurs nuits ici avant de t'en parler, car la vérité en a déjà décontenancé plus d'un.

Toutes les créatures autour de lui avaient cessé de manger et regardaient à présent le panda roux. Le lapin blanc remonta ses petites lunettes sur son museau et redressa la tête. Fookabec posa nonchalamment une aile sur le rebord de son siège. L'araignée croisa ses huit pattes les unes sur les autres. La carpe garda la bouche grande ouverte. Le mouton remonta son manteau en hermine jusqu'au museau tout en regardant ailleurs. La sirène se cacha les yeux derrière la coquille du bernard-l'hermite. Le gros panda qui flottait la tête à l'envers revint sur terre sans un bruit et les trois poussins se tinrent par les ailes. Le panda roux marqua une pause, comme pour bien réfléchir au choix de ses mots.

- Tout ce que tu vois autour de toi n'est pas un rêve Mathieu. Tu es dans Tame.

- Tame ? Comme le réseau social ? dit-il en se remémorant l'application qu'il avait téléchargée quelques jours auparavant.

- Pas comme le réseau social, mais dans le réseau social, corrigea le panda roux.

Mathieu fronça les sourcils. Il était on ne peut plus

perplexe.

- Qu'est-ce que c'est que cette histoire ?

- Eh bien tout ce que tu vois autour de toi, c'est Tame, ajouta le panda roux dans le but d'éclaircir son propos. Une copie du monde réel dans laquelle chacun peut s'épanouir, sans avoir à se préoccuper des contraintes d'une existence physique. Tu as dû télécharger l'application et, depuis, à chaque fois que tu t'endors, tu atterris ici.

Mathieu s'était imaginé beaucoup de choses, mais certainement pas une telle explication.

- Une copie du monde réel ? répéta-t-il, interdit.

- Oui, à quelques détails près. Regarde ces arbres autour de toi, ces plantes, cette allée, ce monument aux morts. Tout est ici reproduit à l'identique. Ton appartement est aménagé de la même manière que ton vrai chez toi, tes bureaux aussi,
…

Le panda roux se mit à énumérer tout ce que Mathieu avait vu depuis sa première nuit ici, mais son histoire était bien trop fantasque pour le convaincre qu'il n'était pas simplement en train de rêver.

- D'accord, finit-il par dire pour faire taire l'animal. Mais toi, de quoi es-tu la copie alors ? Il n'y a pas de panda roux qui parle à Paris.

- Eh bien … à la base je suis un Homme, comme toi … comme tous ceux que tu vois autour de toi d'ailleurs. J'ai simplement fini par prendre une forme animale.

Mathieu éclata de rire tellement tout ceci lui paraissait grotesque.

- Et qu'est-ce qu'on fait tous ici ? Vous aussi vous êtes en train de dormir ? On est tous dans une sorte de rêve partagé ? demanda-t-il avec une pointe d'arrogance qui dissimulait son agacement. Il avait de nouveau le sentiment qu'on le menait en bateau.

Conscient que l'attention était toujours portée sur lui, le panda roux se racla la gorge et poursuivit.

- A l'origine c'était le cas, mais aujourd'hui, tous ceux que tu vois autour de toi vivent ici. De manière permanente. Et ça fait bien longtemps que nous avons cessé de dormir. Nos anciens corps ne sont certainement plus que poussière à l'heure qu'il est, ajouta-t-il sur un ton d'une douceur déconcertante.

- Et pourtant tu es en train de me parler ? répliqua Mathieu, toujours aussi sceptique.

- Oui, parce que mon esprit est bien vivant dans Tame, l'un n'empêche pas l'autre.

- Tout ça me semble, comment dire … tiré par les cheveux. Et quand bien même ce serait possible … d'un point de vue technique j'entends … pourquoi auriez-vous choisi de quitter le monde réel pour vivre dans …

Mathieu cherchait ses mots.

- Dans un monde virtuel ? poursuivit le panda roux. Ça c'est une question très personnelle, chacun a ses propres raisons.

L'animal ne semblait pas disposé à en dire davantage et un nouveau silence s'installa. Face au mutisme soudain du panda roux, le lapin blanc prit la parole à son tour.

- Moi par exemple, dans mon ancienne vie, j'étais un artiste. J'écrivais, je peignais, je ponçais, j'assemblais, en un mot, je créais. Mais je ne vivais pas de mes œuvres. J'avais un métier alimentaire dans l'informatique, qui me permettait de subvenir à mes besoins, mais m'empêchait de me consacrer pleinement à mes passions. Et un beau jour, sans comprendre comment, je me suis réveillé ici. Avec cet incroyable surplus de temps que m'offrait Tame, je pouvais m'adonner à mon art pendant la nuit. Regarde là-bas, dit-il en pointant le fond du parc d'une patte, c'est mon atelier de bijoux. Ma nouvelle petite marotte. Je te le montrerai après si tu veux.

- Ils sont vraiment magnifiques, ça vaut le coup d'œil, ajouta le panda roux.

- J'en serais ravi, répondit Mathieu, dans un excès de politesse qui frôlait le sarcasme.

Le lapin blanc s'en trouva flatté et son museau se mit à frétiller de plaisir.

- Mais une nuit ça passe très vite, poursuivit-il. Alors quand j'ai su que je pouvais aussi rester ici la journée, mon horizon s'est éclairci. J'ai pris plusieurs semaines à peser le pour et le contre, car comme l'a dit le panda roux, ce choix n'est pas sans conséquence, mais j'ai fini par écouter mon cœur et, un beau jour, je ne suis jamais reparti de Tame. Après tout, pourquoi devais-je continuer à vivre dans cet autre monde qui ne m'épanouissait pas ? En me contentant de quelques heures de liberté par nuit ? N'avais-je pas le droit de vivre là où je me plaisais le plus ? En l'occurrence, je me sens bien plus libre et épanoui ici. Émancipé de toutes les contraintes liées à une existence physique qui …

La carpe, assise non loin de lui, coupa la parole au lapin blanc avec le fort accent nordique que Mathieu connaissait déjà.

- Tout le monde n'a pas tant gambergé hein. Moi j'étais très pauvre, dit-elle en s'adressant à Mathieu. Alors j'ai pris ma décision beaucoup plus vite.

- Je n'étais pas riche non plus ! S'agaça le lapin blanc. Et peu importe le niveau de richesse de chacun, on a tous nos problèmes. Même s'il est vrai que mon ancienne vie n'avait rien à voir avec la tienne, ajouta-t-il un peu gêné.

- Vois-tu Mathieu, contrairement à l'artiste, poursuivit-elle en toisant le lapin blanc, je vivais de la pêche et ça ne payait pas bien. J'habitais près de la Manche. Réveil à quatre heures du matin, on embarquait dans notre rafiot et on partait pêcher au large les quelques poissons qui n'avaient pas déjà été ramassés par ces salopiauds de chalutiers géants. Oh tu m'aurais vue, j'étais une vraie force de la nature. Un bon quintal réparti sur un mètre quatre-vingt-dix de muscles. Bref, quand je me suis réveillée ici pour la première fois, crois bien que j'ai vite décidé d'y rester et que je ne suis jamais repartie dans ce monde de fous, qui traite aussi bien les humains que ses océans. Et je ne le regrette pas une seconde. Qu'est-ce que j'avais à perdre ? Ma vie était déjà dure et mon avenir compromis. Mon métier était voué à disparaître à cause de la surpêche. Ma maison aurait fini engloutie par la montée des eaux et ma descendance aurait été propulsée dans un monde invivable.

La carpe marqua une pause, fixa Mathieu d'un air dur, puis poursuivit.

- Je te raconte mon histoire, mais en réalité, je crois que les gens comme vous, qui n'ont jamais connu la misère, vous ne pouvez pas comprendre. Quand tu n'as jamais été heureux et que tu n'as pas d'espoir d'une vie meilleure, comment veux-tu te projeter dans le futur ? Alors oui, le jour où je me suis réveillée ici, à Paris ! accueillie par le lapin blanc, une part de gâteau et une coupe de champagne, je n'ai pas hésité bien longtemps.

- La coupe de champagne, ça ne se fait plus, murmura le panda roux d'un air un peu gêné.

- Une fois ici, tous mes problèmes ont disparu. Plus de travail, plus de dettes, plus d'obligations. Je vis d'amour et d'eau fraîche !

- Et de gâteau ! s'exclama Fookabec.

- Et de gâteau oui. En tout cas ici, je fais ce que je veux de mes journées ! Je suis libre ! libre ! libre ! répéta-t-elle plusieurs fois en criant.

Le lapin blanc se retourna vers l'araignée, la regarda de travers et souffla ostensiblement par ses petites narines roses.

- En revanche, s'il y en a bien une qui n'a rien à faire ici, c'est bien elle.

Fookabec lança un regard assassin au lapin blanc qui baissa la tête. L'arachnide géant tenta de regarder ailleurs, mais ne parvint qu'à faire loucher ses huit yeux dans tous les sens. Elle n'avait visiblement pas envie de parler, mais tout le monde la fixait dans l'attente qu'elle exprime. Sous la pression collective, elle finit donc par prendre la parole.

- Qu'il m'est pénible de parler de tout ça … gémit-elle pour tenter d'échapper à l'exercice.

- Le lapin blanc a raison, dit Fookabec, c'est important pour Mathieu de connaître la diversité des histoires de chacun. Et de savoir qu'une fois ici, on ne juge plus les gens sur leur passé, ajouta-t-il en fusillant de nouveau le rongeur des yeux.

Engoncée dans sa jolie robe, l'araignée se tortillait de malaise et finit par se lancer. Sa manière ampoulée de s'exprimer contrastait avec celle de la carpe. Elle transformait invariablement les sons « é » en « ai », tout en appuyant sur leur prononciation.

- Par où commencer … Moi j'étais riche pour le coup ! dit-elle en prenant un air narquois. Mais j'ai travaillé pour y parvenir. Alors oui, je descendais d'une grande lignée, mais ce n'était sûrement pas grâce à mes illustres aïeux que j'ai pu mener grand train.

- Dans ce cas, qu'est-ce qui t'a motivée à vivre ici ? demanda Mathieu qui commençait à se prendre au jeu.

- Minute papillon, poursuivit-elle. Mon histoire a fait l'Histoire, donc je vais bien prendre le temps de tout raconter sans sauter d'étapes.

- N'exagère rien, lança le panda roux, tu as juste fait la une de quelques tabloïds.

- Et je ne pense pas que tu puisses en dire autant, ajouta-t-elle aussi sec. Où en étais-je ?

- Au début, tu n'as pas encore commencé.

- Va-t-il donc me laisser parler ! s'agaça-t-elle en déchirant son bonnet de soie sous le coup de sa colère.

Mathieu, toujours incapable de regarder cette affreuse créature, fixait le sol et ne se rendit compte de rien. Fookabec profita qu'il ne la regardait pas non plus pour lancer un regard noir à l'araignée. Elle se calma instantanément et poursuivit comme si de rien était.

- Quand j'étais une jeune fille, je vivais avec père et mère dans un hôtel particulier à Paris. Nous avions un majordome, notre personnel de maison et faisions partie du microcosme mondain de l'époque. Tout allait pour le mieux dans le meilleur des mondes. Jusqu'au jour où père a décidé de remercier notre jardinier, sans explication et surtout sans le remplacer ! Qui allait donc entretenir les pétunias ? Ça ne faisait aucun sens. D'abord surprise, j'ai mené ma petite enquête. Après avoir farfouillé un peu partout, je finis par découvrir des documents dans son bureau et compris que notre famille était endettée jusqu'au cou. Pendant des années, Père avait maintenu l'illusion auprès de notre entourage, mais nous vivions clairement au-dessus de nos moyens. Je l'ai alors confronté sur le sujet, mais il a nié la réalité, me donnant des explications toutes plus farfelues les unes que les autres. Face à ses mensonges, je décidai alors de prendre les choses en main et trouvai la solution pour sauver notre famille.

L'araignée se tut un instant et prit un air mystérieux.

- Savez-vous quel avantage il y a, à fréquenter la haute société ? susurra-t-elle aux créatures affalées à proximité.

Sa gêne du début avait laissé place à une assurance démesurée. Elle se livrait maintenant à un véritable spectacle et ne boudait plus son plaisir d'être au centre de l'attention.

- C'est qu'on côtoie de nombreux hommes très riches ! s'exclama-t-elle. Alors après mûre réflexion, je me suis dit « et pourquoi pas » ? J'ai commencé à visiter certains hommes le soir, en échange de coquettes sommes d'argent que je remettais à mon père. Il n'avoua pas davantage nos problèmes pécuniaires, mais les accepta à chaque fois sans poser de question. Malgré tout, nos dettes s'accumulaient toujours davantage et la situation devenait de plus en plus intenable. Nous étions désespérés et, un beau jour, nous nous résolûmes à vendre discrètement quelques meubles anciens qui trainaient au grenier. C'est ce jour-là que, par le plus grand des hasards, je mis la main sur un petit calepin qui appartenait à, accrochez-vous bien …

Elle marqua un silence pour créer du suspense, en levant ses huit pattes en l'air.

- Va droit au but, on connaît tous la suite, lança le lapin blanc d'un air las, toujours avachi sur son canapé.

- La marquise de Brinvilliers !

- La célèbre empoisonneuse ? demanda Mathieu, qui connaissait vaguement l'histoire de cette horrible femme.

- Exactement ! Et sur les feuillets jaunis par le temps, se trouvaient inscrites les recettes de ses poisons. Il y en avait pour tous les goûts, mort lente et discrète, rapide et infaillible, inodore et indétectable, violente ou indolore. Elle avait fait le tour de tout ce qui existait à l'époque et ses techniques n'en restaient pas moins efficaces en notre temps. Dès que j'ai découvert ce petit trésor, j'ai passé des journées entières à m'approprier son savoir et à tester différents dosages sur des rats.

Mathieu contrôlait une imposante créature à l'apparence bovine et fonça en premier vers la bête. Son rôle était de l'attirer vers lui et d'encaisser les coups grâce à un gigantesque bouclier qu'il tenait d'une main. Le personnage de Thibault, un guerrier armé d'une grande épée, accourut à son tour et se mit à tournoyer autour du monstre, le frappant à chaque fois que l'occasion se présentait, tout en se protégeant derrière le grand bouclier de Mathieu.

Derrière eux, les deux autres joueurs étaient restés à bonne distance. Le premier, un petit homme avec un casque à cornes, décochait des dizaines de flèches à la minute sur l'ennemi. Le second, un elfe aux dents aussi pointues que ses oreilles, lançait des sorts avec une grosse baguette. Après deux heures d'âpres combats, qui parurent n'en durer qu'une, la petite équipe finit par terrasser l'affreux dragon. Le sentiment du devoir accompli, Mathieu éteignit son ordinateur et rangea son casque. Il allait enfin pouvoir se coucher.

Alors que la journée s'annonçait assommante, elle avait finalement révélé son lot de bonnes surprises. Le souvenir de ses deux rêves agités s'était évaporé dans son quotidien et, après avoir encore cédé aux sirènes de son téléphone, il finit par s'endormir sans même y avoir repensé.

Pourtant, quelques minutes plus tard, la chaude lumière de Tame passait de nouveau entre ses rideaux grands ouverts. Il se retrouvait, pour la troisième fois consécutive, dans ce drôle de monde persistant.

- Mais quel rapport avec vos problèmes d'argent ? demanda Mathieu.

- Vraiment ? Tu ne vois pas ? C'est pourtant simple. Sais-tu ce qui est intéressant avec un mari adultère ?

L'araignée ménagea de nouveau ses effets, en parcourant l'assemblée de ses huit yeux.

- C'est que personne ne sait, ni ce qu'il fait, ni avec qui il se trouve au moment où il commet sa tromperie. Je m'arrangeai donc toujours pour qu'on se rencontre chez eux, afin de pouvoir, une fois mes amants neutralisés, subtiliser tout ce qui se trouvait dans leur maison, argenterie, bijoux ou n'importe quel autre objet de valeur. Ma première victime était un vieux magnat de l'immobilier ventripotent, je m'en souviens comme si c'était hier. Douce et docile, comme j'aimais à le paraître, je lui apportai une bière fraiche dans laquelle, il ne pouvait alors s'en douter, j'avais glissé un demi-gramme d'une concoction à base de cyanure. Dès la première gorgée, il remarqua une étrange odeur d'amande amère, puis un goût plus âcre qu'à l'accoutumée, mais tout juste m'en fit-il la remarque qu'il avait déjà terminé sa bouteille. Au moment de la reposer, je le vis vaciller, se rattraper à un meuble, puis s'effondrer sur le sol en se tordant de douleur.

- C'est abominable ! s'exclama Mathieu.

Soudain, sa montre se mit à vibrer. Il n'allait pas tarder à se réveiller. Mathieu était dépité. Bien que l'histoire de l'araignée fût horrible, il voulait savoir comment elle se terminait.

- Si tu veux rester un peu plus longtemps, c'est possible, lui lança le panda roux, l'œil malicieux.

- Ah bon ? Comment ?

Mathieu était tout excité par cette perspective, mais la brume rose commençait déjà à apparaître tout autour de lui.

- Il te suffit de tourner les aiguilles de ta montre en sens inverse. Tu resteras endormi d'autant de temps, jusqu'à ce qu'elle affiche de nouveau sept heures trente, lui répondit le panda roux.

Sans se faire prier, Mathieu remonta sa montre d'une heure et la brume rose s'évapora instantanément. L'araignée, qui s'était interrompue, reprit alors le fil de son histoire comme si de rien n'était.

- Où en étais-je ? Ah oui mon premier assassinat. Forte de ce succès, j'ai donc rôdé ma méthode chez des dizaines d'autres hommes et nous redevînmes, avec ma famille, presqu'aussi riches que nos aïeux. Malheureusement, plus les morts s'enchainaient, plus la police était sur mes talons. Malgré les plus infimes précautions que j'avais prises, en effaçant mes traces après chaque larcin, la police finit par retrouver un de mes cheveux chez l'une de mes victimes et remonta jusqu'à moi. Je n'étais encore qu'une simple suspecte, mais je sentais déjà l'étau se resserrer autour de moi. En parallèle, le destin venait de mettre Tame sur mon chemin. Alors le jour où je compris que je pouvais échapper à la justice en restant ici, je me suis décidée assez vite. J'avais suffisamment profité de ma première vie, qui touchait de toute façon à sa fin, car à n'en pas douter, on m'aurait condamnée à perpétuité. Il était donc temps pour moi de découvrir cette nouvelle aventure qui s'offrait à moi.

L'araignée se tut. Elle avait terminé. Un débat s'ouvrit alors entre plusieurs créatures sur la moralité de ses actes, mais fut rapidement interrompu par Fookabec.

- On ne juge pas sur le passé ! Rappela-t-il d'un ton sec.

Comme il restait encore un peu de temps à Mathieu avant la prochaine vibration de sa montre, le lapin blanc en profita pour lui montrer ses bijoux. Si on avait dit à Mathieu qu'un tel sujet le passionnerait, il ne l'aurait jamais cru. Quelques instants plus tard, Mathieu se retrouva au cœur d'une autre discussion. Le mouton au foulard lui raconta à son tour des bribes de son passé. Avant d'atterrir ici, il avait connu la renommée à travers son métier d'architecte. Il avait bâti des constructions pharaoniques au Moyen-Orient et avait même côtoyé la famille royale saoudienne. Au final, absorbé par de nouvelles histoires, Mathieu repoussa une fois de plus l'heure de son réveil.

En provenance de toute la France, du petit paysan au politicien, en passant par des militaires, des philosophes, des religieux ou tant d'autres professions plus ou moins renommées, jusqu'au quidam le plus insignifiant, chaque créature semblait avoir une histoire bien personnelle à raconter.

Le doute s'instilla alors dans l'esprit de Mathieu. Comment pouvait-il inventer tout ça ? Et s'il était vraiment à l'intérieur de ce réseau social ?

Ta-da-me

Le réveil ce matin-là fut de nouveau bien douloureux, mais cette fois pour une tout autre raison. Les verres de la veille se rappelaient à son bon souvenir et une phénoménale gueule de bois lui cintrait le crâne. Mathieu éteignit son réveil d'un geste mécanique, se leva avec difficulté du canapé sur lequel il avait passé la nuit et sentit son estomac se nouer, en même temps que sa gorge se rétractait. Ce qui lui arrivait était évident, mais il préféra se recoucher dans l'espoir d'un miraculeux rétablissement. Il essaya plusieurs positions, recroquevillé, sur le côté, sur le dos. Sa nausée ne passait pas. Le vomissement semblait inéluctable, mais il refusait de céder aux caprices de son corps. Ç'aurait été admettre avoir bu au-delà du raisonnable et il ne voulait pas accepter ce triste constat. Il tenta de modifier sa respiration, prenant de grandes bouffées d'air ou haletant comme un petit chien, mais rien n'y fit. La situation devenait intenable et la raison finit par prendre le dessus. L'alcool ingurgité la veille devait être évacué. La mine piteuse, Mathieu se rendit aux toilettes et, cramponné à la cuvette, régurgita en plusieurs fois un épais fluide jaunâtre qui s'éclaircissait au fil des renvois. La sensation était à vrai dire étrangement satisfaisante. Non pas qu'elle fut agréable, ses abdominaux crispés lui causaient une douleur abominable et le liquide acide projeté à travers sa gorge était infect, autant par l'odeur que par le goût, mais il savait qu'une fois terminée son humiliante besogne, il se sentirait beaucoup mieux. Lorsqu'il se releva, sa gueule de bois s'était déjà un peu atténuée et son ventre se retrouva libéré du poids considérable qui l'oppressait depuis son réveil. Ce manque de volonté face à l'alcool lui rappela son échec de la nuit. Quand ses bonnes résolutions s'étaient désagrégées face à une ridicule part de gâteau imaginaire.

Comment avait-il pu être si faible ? Comment était-il d'ailleurs toujours aussi faible lorsqu'il s'agissait de modérer ses plaisirs ? Sur le moment, son corps imbibé d'alcool ne l'aida pas à avoir une bonne estime de lui et Mathieu pressentit que la journée allait être bien longue.

En sortant de sa salle de bains, il entendit une sonnerie retentir dans son salon. Ce n'était pas celle de son réveille-matin. Le prénom « Éric » apparaissait en gros sur l'écran de son téléphone. D'un coup d'œil paniqué, Mathieu réalisa qu'il était déjà 9h30. Il était resté si longtemps endormi que son réveil avait dû s'arrêter de lui-même et il se retrouvait à présent très en retard. L'envie de vomir lui revint. D'une main tremblante, il prit l'appel et entendit rugir à l'autre bout de la ligne.

« Mais où es-tu ? La réunion a commencé ! »

Mathieu bredouilla une excuse incompréhensible et raccrocha immédiatement. De retour dans son salon, ses yeux encore fatigués s'arrêtèrent sur une tache grumeleuse au pied de son canapé.

« Mais qu'est-ce que j'ai foutu cette nuit, je ne peux pas croire que j'ai vomi pendant mon sommeil » se dit-il, affligé, en fixant la flaque au sol. Trop en retard pour la nettoyer, il se précipita dans sa chambre, enfila un pull et un jeans qui trainaient, sauta dans une paire de baskets et s'élança vers le métro.

Malgré l'heure tardive, la rame était encore une fois remplie d'inconnus transpirant comme des bœufs et trouver une place assise fut ce jour-là complètement exclu. Après quelques bousculades, Mathieu parvint à se frayer un chemin à l'intérieur et, dès que les portes se refermèrent, une odeur fétide s'introduisit dans ses narines. Était-ce cet homme en jogging avec son Dobermann qui bavait sur le sol ? Ou la petite femme aux cheveux hirsutes qui le heurtait à chaque freinage du métro ? Après avoir observé les différents passagers avec attention, Mathieu ne parvint pas à identifier l'origine de cette désagréable odeur et passa le reste du trajet son écharpe remontée jusqu'aux yeux.

Il arriva à son bureau avec une bonne heure de retard et traversa en vitesse l'open space d'un pas raide. Le silence qui l'entourait en disait long. Il sentait les regards désapprobateurs de ses collègues peser sur lui et remarqua certains nez gênés sur son passage.

« Ce n'était quand même pas moi qui puais comme ça dans le métro ? » se demanda-t-il, effrayé, en se rappelant qu'il ne s'était pas douché avant de partir. Lorsqu'il arriva à son poste de travail, Éric l'y attendait, les bras croisés et les sourcils froncés.

- C'est à cette heure-là qu'on arrive ? Et qu'est-ce que c'est que cette tenue ? lui lança-t-il en faisant rouler ses yeux de haut en bas. Et t'as passé la nuit dehors ou quoi ? ajouta-t-il en se pinçant le nez.

Derrière le visage sévère de son responsable, Mathieu sentit les regards embarrassés de Thibault et Louise.

« La journée se poursuit aussi bien qu'elle a commencé » se dit-il, la mine renfrognée.

- Ton rendez-vous t'attend salle Sapin, lui dit timidement Thibault, après qu'Éric eut terminé son sermon.

- Eh merde, j'avais complètement oublié, lui répondit-il. J'aurais bien passé la journée à traiter mes e-mails.

- Soirée difficile ? osa Thibault, voyant bien que son ami n'était pas dans son assiette.

- Pire que ça, je te raconterai, lui répondit-il en se levant pour aller chercher son invité.

Mathieu avait fait déplacer un boulanger pour l'interviewer dans le cadre de son projet. L'artisan avait réduit de moitié son empreinte carbone grâce à des installations financées par la banque, ce qui en faisait un ambassadeur de choix pour leur campagne de communication.

Lorsque Mathieu pénétra dans la salle Sapin, il remarqua que l'homme était physiquement ce qu'on attendait de lui. Il affichait une bonhommie caractéristique de son métier, un visage rond et jovial, une bedaine rassurante et de larges mains abimées par le labeur manuel. Mathieu regrettait presque qu'il ne soit pas venu avec un tablier blanc enfariné.

La salle avait été aménagée en studio de tournage et il le fit s'assoir face caméra, devant un fond vert. Hors champ, un espace petit-déjeuner avait été prévu avec du café, du thé et des viennoiseries. Ce jour-là, ils avaient exceptionnellement prévu des babkas, des mochis et des pastéis de nata, pour éviter l'affront de proposer des croissants et des pains au chocolat bas de gamme à un homme dont c'était le métier.

Mathieu sortit une grande feuille cartonnée de sa sacoche et la lui tendit.

- Qu'est-ce que c'est ? demanda-t-il en y jetant un œil.

- Les réponses que vous allez me donner, répondit machinalement Mathieu.

L'homme fit de gros yeux.

- Les réponses que je vais vous donner ? répéta-t-il d'un ton irrité. Et si je ne suis pas d'accord avec ce qui est écrit ? Je ne suis pas un perroquet tout de même !

- Non ! Bien sûr ! Il s'agit juste de cadrer vos réponses. La vidéo ne durera que trente secondes, il faudra être précis dans les mots que vous allez employer. Rien ne peut être laissé au hasard.

L'homme jeta un œil au papier de Mathieu.

- Ça ne me va pas. Il y a des choses avec lesquelles je ne suis pas d'accord sur votre fiche !

- D'accord, dit Mathieu dans un souci d'apaisement. Revoyons chaque phrase ensemble dans ce cas.

Les deux hommes se penchèrent sur le carton et Mathieu l'annota pour satisfaire aux demandes du boulanger.

- Mettons « important » à la place de « nécessaire ». « Nécessaire » c'est trop fort comme mot.

- D'accord.

- Et il faut que je parle de mes nouveaux fourneaux quelque part.

- Très bien. Je remplace « équipement » par « fourneau », on comprendra.

- Parfait. Et au sujet du recrutement, dites « artisan » pas « salarié ». C'est moche « salarié », c'est bien un mot de banquier ça.

- Je travaille en marketing, je ne suis pas banquier, rectifia Mathieu.

- Vous travaillez pour une banque, donc vous êtes un banquier, lança le boulanger sur un ton sarcastique.

Mathieu n'avait pas la force d'argumenter et les deux hommes poursuivirent leurs échanges sur la fiche cartonnée. A la fin de l'exercice, Mathieu était satisfait. Il avait concédé une dizaine de changements, mais avait tout de même réussi à conserver le fond du propos validé par Éric.

- Voilà. C'est bien mieux comme ça, conclut le boulanger. Une dernière chose, j'aimerais remercier ma femme à la fin de l'interview.

- Pardon ? s'étouffa Mathieu.

- Je rigole ! Je rigole ! Décidément les banquiers, vous n'avez aucun humour !

Mathieu était las. Cet homme le fatiguait encore davantage qu'il ne l'était déjà. L'interview démarra avec un peu de retard et l'artisan commença à réciter, face caméra, les réponses sur lesquelles ils s'étaient mis d'accord.

Bien que Mathieu ait toujours été très investi dans son travail, il n'était pas dupe du greenwashing auquel il participait. Les résultats réels en matière d'écologie n'intéressaient pas grand monde au sein de sa direction. Il avait jusque-là toujours évité d'y penser, mais les phrases du boulanger résonnaient ce jour-là différemment en lui. Au beau milieu de l'interview, un sentiment nouveau de vacuité l'envahit et lui fit pousser un bruyant soupir.

- J'ai dit une bêtise ? demanda le boulanger.

- Non, non, c'était parfait, répondit Mathieu les yeux rivés sur le script.

Le boulanger vantait les mérites de la banque en suivant, au mot près, le contenu de sa fiche Bristol corrigée.

- … le seul organisme de crédit qui a accepté de financer mon projet de panneaux photovoltaïques lunaires ! lança-t-il plein d'enthousiasme.

Cet échange controuvé désespérait Mathieu au plus haut point.

« Continuons à chercher des solutions farfelues aux conséquences d'un problème sans s'attaquer à ses causes. » se dit-il face à cet homme qui poursuivait ses louanges envers la banque. Mathieu repensa à ce que lui avait raconté la carpe. Peu importe que son histoire fût vraie ou non, elle était tout à fait représentative d'une réalité qu'il connaissait. Des millions de gens pâtissaient du dérèglement climatique et lui, il était là, à interviewer un homme qu'on encenserait pour avoir mis en place des panneaux lunaires, au profit d'une banque qui se draperait de vertu, alors même que ses investissements dans les énergies fossiles continueraient à aggraver les problèmes environnementaux.

Et si c'était là le but de ce rêve ? Et s'il avait imaginé cette carpe pour le faire réagir ? Pour qu'il arrête de contribuer à ce système en passe de s'auto-détruire ? Mais quid de toutes les autres créatures dans ce cas ? Quel était leur message ?

L'interview du boulanger se termina et il le raccompagna vers la sortie, avec une foule de questions qui se bousculaient dans sa tête. En remontant par l'ascenseur, son regard s'arrêta sur le bouton du septième étage. Là où se trouvait le bureau de son président.

Et si le panda roux lui avait dit la vérité ? Mathieu n'y tenait plus. Il devait en avoir le cœur net. La curiosité gonflait en lui comme un poisson-globe et l'emporta vers le dernier étage. Il s'avança dans le long couloir central d'un pas assuré, l'air de rien, et arriva à proximité du mystérieux bureau. La porte était ouverte. Il ralentit à son niveau, tourna la tête discrètement et aperçut l'impensable.

Le bureau en bois massif, les moulures au plafond, la desserte à roulettes, tout était exactement tel qu'il l'avait vu quelques nuits plus tôt. A mesure qu'il avançait, le côté gauche du bureau se dévoila et le tableau de Friedrich apparut. Cette vision lui fit l'effet d'une douche glacée. Pas de celles qu'on prend pour se rafraichir, mais plutôt comme si un iceberg s'était formé à l'intérieur de son corps. Son front était devenu liquide et ses membres commençaient à s'engourdir. Face à l'impossible, mille pensées se bousculaient dans son esprit. Sa vision se troubla et ses jambes se mirent à vaciller. Il tenta de se rattraper à un mur trop lisse et se sentit tomber tête la première en direction du parquet. Un bras glissa au niveau de son torse in extremis et l'empêcha de s'y écraser. L'inconnu le fit descendre lentement jusqu'à l'assoir au sol, puis une main manucurée aux ongles rouges lui enfonça un carré blanc dans la bouche. C'était du sucre.

Mathieu retrouva ses esprits à mesure que son organisme l'assimilait et finit par reconnaître le visage de l'assistante du président.

- Ça va aller ? lui demanda-t-elle d'un ton angoissé. Je vais t'emmener en salle de pause, on a une délégation chinoise qui arrive dans quelques instants, il ne faudrait pas qu'ils te croisent dans cet état.

Elle lui passa un bras autour du cou et l'emmena dans une petite salle joliment décorée où elle l'assit sur un canapé, puis repartit vaquer à ses occupations. Mathieu regarda autour de lui. Il était seul. A cette heure-ci, personne ne prenait de pause. Il était toujours sous le choc de ce qu'il venait de voir. Tout était donc vrai ? Comment aurait-il pu reproduire à l'identique dans un rêve ce dont il n'avait pas connaissance ? C'était impossible. Ou peut-être s'était-il en réalité déjà rendu dans ce bureau ? Ses souvenirs se brouillaient et il se rappela les mots du panda roux.

« Tout ce que tu vois autour de toi n'est pas un rêve. Tu es dans Tame. » Mathieu plongea une main dans sa poche et sortit son téléphone.

« Il doit bien y avoir quelque chose à tirer de cette application » se dit-il en cliquant sur l'icône en forme de T. L'interface s'ouvrit pour la première fois sur une suite d'images verticales et ne se referma pas.

Mathieu reconnut immédiatement une photo du gros

panda. Il était affublé d'un nouveau costume, se tenait droit sur ses pattes arrière et avait le regard qui se perdait en dehors du champ. Juste en-dessous, une autre photo montrait le panda roux, coiffé à son tour d'une perruque à bouclettes.

Mathieu fit défiler les photos et reconnut, pêle-mêle, Fookabec, la carpe, le mouton, le lapin blanc, l'araignée... Ils étaient tous là, immobiles, proprement rangés dans de petites cases comme des cartes Pokémon. Mathieu n'en revenait pas de les voir tous ainsi, ancrés dans sa réalité.

Sur le côté de chaque photo, quelques mots donnaient des indications. La race de l'animal, sa ou ses couleurs distinctives, le nombre de gâteaux qu'il avait dans son sac banane. Mathieu s'arrêta sur cette dernière donnée.

« Pourquoi y a-t-il un compteur de gâteaux ? » se demanda-t-il.

Le gros panda en affichait 287. Il tapota dessus et une nouvelle page s'ouvrit sur une sorte de classement. Chaque créature semblait rangée en fonction du nombre de gâteaux qu'elle possédait dans son sac banane. Tout en haut, caracolaient la carpe, le mouton et le lapin blanc, avec des milliers de pâtisseries à leur compteur. Un peu plus loin, l'araignée, le panda roux et le gros panda semblaient également avoir des scores honorables, en comparaison de ceux qui, tout en bas, avaient des compteurs oscillant entre 0 et 10.

Mathieu parcourut une nouvelle fois la liste et remarqua que Fookabec n'y était pas présent.

« Cela dit, c'est lui qui les fabrique, j'imagine qu'il en a autant qu'il le souhaite. » se dit-il en retournant à la page d'accueil et en retrouvant la suite de photos verticales.

Une icône en forme de triangle allongé était apparue sur la photo du panda roux. Mathieu tapota dessus et l'écran devint noir un court instant, avant de laisser place à ce qui semblait être une vidéo. Le panda roux était au centre, à côté du gros panda et du lapin blanc. Ils se prélassaient tous les trois dans un lac, en sirotant des mojitos et en mangeant du gâteau. Il ne se passait rien, mais le simple fait de les voir fascina Mathieu.

Au bout d'un moment, le gros panda se gratta l'oreille et Mathieu resta scotché à cette scène. Puis l'animal remit sa patte dans l'eau et c'est le lapin blanc qui, à son tour, se mit en mouvement. Il grimpa sur un petit arbuste et plongea tête la première dans l'étendue d'eau. Mathieu était captivé. Il aurait aimé les rejoindre. Rien qu'à les observer, ses sens s'émoustillaient. Il imaginait l'eau sur sa peau, le goût sucré des mojitos, le vent souffler sur son visage. Il avait presque l'impression de ressentir les effets du gâteau rien qu'à les regarder en manger.

- Ça va mieux ? entendit-il soudainement.

Il leva la tête de son écran et vit le buste de l'assistante qui dépassait de la porte.

- Oui beaucoup mieux, bredouilla-t-il. Désolé pour tout à l'heure, je ne sais pas ce qu'il s'est passé.

- Tu as mangé ce matin ? Sûrement une petite baisse de tension, ça arrive quand on n'a rien dans le ventre, lui dit-elle d'un ton maternel.

« Vu ce que j'ai vomi ce matin, c'est sûr que je n'avais rien dans le ventre » se retint-il de lui dire.

Mathieu était encore un peu faible, mais réussit à se relever. Il remercia l'assistante, sortit de la salle et retourna à son étage.

Alors qu'il s'apprêtait à retrouver son bureau, il tomba nez à nez avec Thibault.

- Ah te voilà ! Viens, on va prendre un café, que tu me racontes ta soirée avec Louise !

Mathieu n'avait aucune envie d'aborder ce sujet. Mais comme Thibault se montra insistant et qu'il était encore moins motivé à l'idée de travailler, il accepta sa proposition.

Une fois attablés à la cafétéria, Thibault démarra son interrogatoire.

- Alors ? Comment ça s'est passé ? lui lança-t-il, tout excité.

- Eh bien, comme-ci comme-ça, lui répondit Mathieu en posant son téléphone sur la table.

- C'est-à-dire ? Donne des détails ! Vous avez parlé de quoi ? Est-ce que vous vous êtes embrassés ?

Thibault voulait du croustillant, mais Mathieu n'avait rien à lui donner.

- Non, répondit-il d'un air gêné. Il ne s'est rien passé. On a juste bien mangé.

L'étonnement et la déception se lisaient dans les yeux de Thibault.

- Ah bon ? Ça n'a pas accroché ? Vous semblez pourtant bien vous entendre au bureau non ?

Le téléphone de Mathieu se mit à vibrer et une notification de Tame apparut, au-dessus d'une dizaine d'appels manqués de ses parents. L'application indiquait que « le panda roux était en train de voler avec la carpe ». Intrigué, Mathieu tapota sur le texte et vit une photo d'eux dans le ciel au-dessus du Trocadéro. Il toucha la petite icône en forme de triangle allongé et la scène se mit à s'animer. Le panda roux et la carpe planaient au-dessus de l'immense édifice incurvé. La joie se lisait sur leur visage. Ils avaient l'air heureux, le corps léger comme une plume, les yeux éblouis par le paysage, l'esprit libéré par le gâteau. Mathieu était comme hypnotisé par la scène.

De son côté, Thibault, les yeux grands ouverts, le dévisageait en attendant qu'il lui réponde.

- Vous étiez mal à l'aise ? Vous vous êtes engueulés ? le relança-t-il, un peu gêné par son silence.

Mathieu était ailleurs. Il n'entendait plus ce que lui disait Thibault. Il avait tellement envie de se retrouver aux côtés du panda roux et de la carpe qu'il en oubliait tout le reste.

- Hé oh ! cria Thibault en lui secouant le bras.

Mathieu sortit d'un coup de sa torpeur.

- Oui pardon, je regardais un truc sur mon téléphone. Tu disais ?

- Qu'est-ce qu'il s'est passé avec Louise ? répéta-t-il d'un ton plus sec.

- Eh bien rien de particulier je te dis, on a mangé, on a un peu parlé. Voilà tout. Je pense qu'il ne se passera rien avec elle, le courant n'est simplement pas passé.

Mathieu avala son café d'une traite et retourna à son bureau. Il ne voulait plus ni parler de ce sujet, ni parler à Thibault, ni même parler tout court. Il passa le reste de l'après-midi vissé à sa chaise, à naviguer entre Tame et un tableur excel.

A la fin de la journée, Thibaut lui proposa d'aller prendre un verre. Il n'avait pas dit son dernier mot et voulait lui tirer les vers du nez. Son comportement lui paraissait bien étrange depuis qu'il avait eu ce rendez-vous avec Louise. Mais Mathieu refusa net son invitation et rentra chez lui.

Il s'allongea sur son canapé et se plongea dans ses pensées. Il ne savait ni comment, ni pourquoi il se retrouvait dans Tame chaque nuit, mais il avait au moins la certitude que ce n'était pas un rêve.

La soirée passa et Mathieu partit se coucher vers 22h. Il n'avait qu'une seule hâte, se réveiller dans cet autre monde qui lui paraissait, pour la première fois, bien plus désirable que la réalité.

La sirène et les trois poussins

Des jours durant, le sommeil continua de transporter Mathieu dans cet étrange Paris peuplé d'humains animalisés. Il savourait chaque nuit comme autant d'occasions d'échapper à un quotidien qu'il jugeait de moins en moins excitant. Avec son lot de découvertes insolites, de nouvelles rencontres et d'aventures trépidantes, toujours sublimées par une part qu'il trouvait à chaque fois lorsqu'il arrivait sur sa table de nuit.

A force de fréquenter les créatures de ce monde, Mathieu se rapprocha de plusieurs d'entre elles. Notamment de la sirène avec laquelle il avait noué une relation qui commençait à dépasser le simple stade de l'amitié.

Une nuit qu'ils étaient ensemble, elle lui fit découvrir un endroit autour du pont de l'Alma qui ne ressemblait à aucun autre. A l'inverse du reste de la Seine, l'eau y était turquoise et de petits îlots de sable fin, reliés entre eux par des ponts en bois flotté, émergeaient à la surface. L'endroit était visiblement très réputé, car de nombreuses créatures y étaient présentes. Elles faisaient des longueurs d'un quai à l'autre, jouaient à des jeux, barbotaient à proximité des îlots ou se relaxaient sur les rebords des berges équipés de jets massants. Après s'être baignés, avec d'autant plus de facilité que l'eau avoisinait les trente degrés, ils s'allongèrent sur le sable fin d'un des ilots et la sirène lui confia, à son tour, les raisons qui l'avaient décidée à rester vivre dans Tame.

D'origine américaine, elle s'était installée avec son mari dans un luxueux château à proximité de Bordeaux. Les premières années, tout de ce nouveau pays l'émerveillait. L'architecture gréco-romaine de la ville, les paysages viticoles qui s'étendaient à perte de vue, les traditions à la fois désuètes et pleines de charme. Elle adorait croquer à pleines dents dans une baguette de pain, avait pris l'habitude de boire un verre de vin rouge par repas, mangeait chaque matin un petit cannelé et ressentait toujours un frisson d'émotion au moment de faire la bise à un inconnu.

Mais au fil des années, l'excitation de la découverte s'estompa et l'ennui la gagna. Son époux, un riche homme d'affaires parcourant le monde, était souvent absent et elle ne voyait ses trois beaux enfants que deux fois par an, lorsqu'ils revenaient de leur pension pour les vacances. Grâce à la fortune de son mari, elle ne travaillait pas et tenait une place de choix dans la haute société bordelaise. Elle était de toutes les soirées et en organisait souvent elle-même. Mais en dehors de ces activités nocturnes, elle passait le plus clair de son temps à chercher comment s'occuper.

La couture avait pris un temps une place importante dans son quotidien, mais elle s'en détourna rapidement. Toute sa famille était déjà habillée par le meilleur tailleur de la ville et personne ne portait jamais ses créations. Elle se mit alors à fabriquer des bijoux, toujours en or, qu'elle refondait pour la plupart dans la foulée afin d'en créer de nouveaux, puisqu'ils n'étaient pas davantage portés que le reste.

Sa vie ne comportait pour ainsi dire aucune obligation. Elle pouvait passer une journée entière au lit, ce qu'elle faisait d'ailleurs régulièrement. Pourtant, c'était dans ces moments-là qu'elle se sentait le plus mal. Ces épisodes d'oisiveté totale la faisaient réfléchir à sa vie et c'était bien la pire chose qui pouvait lui arriver. Une fois son esprit libéré de toute préoccupation, elle s'en créait de fictives.

Pour bien faire comprendre à Mathieu dans quelle détresse elle se trouvait, la sirène lui raconta plusieurs anecdotes qu'elle jugeait aujourd'hui symptomatiques de l'ennui profond qu'elle ressentait à l'époque.

Son premier exemple porta sur une tâche pourtant triviale, le ménage. A chaque fois que ses domestiques avaient terminé le nettoyage de son château, elle jugeait systématiquement leur travail mal fait. Il restait toujours une trace sur une vitre, une poussière sur une étagère ou une saleté au sol. Au début, elle se montra d'une extrême sévérité à leur égard, et en renvoya une bonne vingtaine. Mais face à l'incompétence chronique qui semblait s'abattre sur sa main-d'œuvre, elle finit par renoncer à ses exigences et se contenta de reprendre elle-même tout le travail après chacun de leur passage. Comme avec la couture et la fabrication de bijoux, astiquer des bibelots et passer l'aspirateur lui permettait ainsi de s'occuper l'esprit. Et pourtant, même avec ces tâches supplémentaires, elle finissait inexorablement par revenir dans son lit à un moment ou un autre de la journée, végétant comme une mourante qui n'attend plus de la vie que l'extrême-onction. Elle passait alors à un niveau d'ennui supérieur et s'inventait des problèmes imaginaires.

Elle se rappela le jour où une amie l'avait complimentée sur sa robe en employant le terme « original ». De prime abord, elle avait été flattée, mais lorsqu'elle s'était retrouvée dans son lit, son monde s'était effondré. Qu'avait insinué cette prétendue amie en qualifiant sa tenue de la sorte ? Que ses autres robes ne faisaient pas preuve d'originalité ? Qu'à défaut d'être élégante, celle-ci était originale ? Ce n'était pas la première fois que cette amie la vexait et tous les impairs précédemment commis à son encontre s'étaient mis à tourbillonner dans sa tête. Elle se rappela le jour où elle avait resservi du vin à toute la tablée sauf à elle. La soirée où elle lui avait à peine adressé la parole. Ou la fois où elle lui avait fait la bise d'un œil distrait. La sirène, qui n'en n'était pas encore une à l'époque, avait alors planifié un nombre incalculable de mesquineries pour laver les affronts de sa nouvelle meilleure ennemie, sans en mettre toutefois jamais aucune à exécution. Ses désirs de vengeance occupèrent ses pensées pendant plusieurs semaines, puis furent chassés par un nouveau problème : l'apparition d'une petite boule sur sa nuque.

Ce jour-là, elle se vit mourir, emportée par une tumeur maligne. Après avoir consulté cinq spécialistes, il n'en fallut qu'un, bien malin et peu scrupuleux, qui ne manqua pas de voir en elle la poule aux œufs d'or et la conforta dans sa névrose. C'est à cette période-là, entre phases d'ennuis extrêmes et traitement d'une maladie imaginaire, qu'elle se réveilla pour la première fois dans Tame. Dans ce drôle de monde, elle ne s'ennuyait plus et on lui accordait une attention sincère qu'elle n'avait plus connue depuis bien longtemps. Elle se lia d'amitié avec le lapin blanc, qui lui apprit de nouvelles techniques pour confectionner des bijoux et se remit à coudre avec passion, habillant cette fois des créatures enthousiastes. Absorbée par ses activités nocturnes et ses nouveaux amis, elle ne se trouvait plus aucun problème. Si bien qu'elle finit, comme tous les autres avant elle, par choisir de rester définitivement dans Tame.

Mathieu se retint de verser une larme. Son histoire était triste, même si elle se terminait bien. La sirène avait elle aussi trouvé son bonheur dans Tame.

- Est-ce qu'on n'irait pas se changer un peu les idées ? lui lança-t-elle en voyant son émotion.

- Avec plaisir, répondit-il en se tapotant les paupières.

Mathieu et la sirène avaient l'embarras du choix. Toute la zone dans laquelle ils se trouvaient fourmillait d'activités aquatiques. Un match de water-polo ici, une balle au prisonnier par-là, une compétition d'apnée un peu plus loin.

- Regarde ça, tu connais ? demanda la sirène en montrant le ciel du doigt.

Mathieu leva la tête et vit plusieurs créatures stationnées en file indienne, à une vingtaine de mètres au-dessus de l'eau. Devant son air intrigué, la sirène se lança dans des explications.

- C'est l'une de mes activités préférées. La carpe a caché plusieurs coquillages en eau profonde et chacun des participants va devoir plonger pour tenter de remonter le plus beau d'entre eux.

Mathieu afficha de grands yeux ronds.

- Et tu as déjà fait ça ? lui demanda-t-il.

- Oh oui ! Souvent ! Et j'ai déjà gagné huit fois, répondit-elle fièrement.

Mathieu était impressionné. Autant par son courage, car il en fallait pour plonger d'une vingtaine de mètres, que par son esprit de compétition qu'il ne lui connaissait pas. Il releva les yeux au ciel et observa la créature en tête de file. Il s'agissait d'un petit chat, équipé de palmes noires et d'une combinaison moulante en néoprène, qui étirait ses articulations. Un coup de sifflet retentit et l'animal plongea comme un missile vers l'étendue d'eau. Il disparut une longue minute, puis remonta avec un incroyable nautilus entre les pattes. Le coquillage était blanc, en forme de spirale et présentait de magnifiques zébrures orangées qui semblaient avoir été peintes à la main. Lorsque tous les participants eurent plongé à leur tour, chaque coquillage remonté fut montré au public à travers un écran géant.

- Il faut que tout le monde puisse les voir et s'en faire une opinion, commenta la sirène. Et c'est celui qui obtiendra le plus d'applaudissements qui sera désigné vainqueur.

Dès que le nautilus passa à l'écran, une nuée de « oh » s'éleva de la foule. Même la carpe, pourtant à l'origine de la présence du coquillage dans l'eau, fut éblouie par sa beauté et ne put dissimuler son émerveillement. Le vainqueur ne faisait aucun doute. La carpe félicita le chat, lui offrit une dizaine de gâteaux miniatures en guise de récompense et la foule se dispersa sur les autres activités de la zone.

- J'adore ce jeu ! s'exclama la sirène. J'y participerai demain.

- Moi aussi alors !

Mathieu avait envie de tout essayer. Même des choses qui l'auraient terrorisé dans la réalité.

Après ce spectacle impressionnant, ils se rendirent tous les deux dans un parc à proximité d'un grand magasin connu sous le nom de « Bon Marché ». Mathieu y était déjà venu plusieurs fois et l'endroit était toujours noir de monde. Presque autant que la zone aquatique qu'ils venaient de quitter. Et pour cause, le parc regorgeait lui aussi d'activités. En son centre, un fastueux banquet avait été dressé, toujours bien garni de produits du Bon Marché. Certaines créatures passaient leur journée à s'y empiffrer, quand d'autres n'y prêtaient pas la moindre attention. Comme tout était virtuel, personne n'avait le moindre besoin physiologique. Manger était une source de plaisir comme les autres, dont on pouvait à la fois jouir avec excès ou se passer complètement.

Mathieu et la sirène se délectèrent, pendant une bonne heure et sans retenue, de tout ce qui leur passait sous la main. Pour Mathieu, c'était à la fois un moment d'intense plaisir gustatif et une initiation à de nouvelles saveurs dont il ne soupçonnait même pas l'existence. Autour d'eux, d'autres créatures se goinfraient tout autant. La carpe engloutit un hareng fumé pendant que le lapin blanc dévorait un lièvre à la moutarde. Ces comportements cannibales avaient un peu surpris Mathieu la première fois qu'il y avait assisté, mais il avait vite compris que chacun était libre de manger ce qu'il voulait. Il n'était pas question de satisfaire son appétit, juste ses goûts et ses désirs du moment.

En plus des plaisirs papillaires du banquet, plusieurs concerts étaient organisés à proximité. A l'extrémité nord du parc, un petit groupe composé de deux singes et de l'araignée jouait une symphonie de Mozart, devant un parterre de spectateurs bercés par la musique. Au sol, un chapeau haut-de-forme était retourné et plusieurs créatures y jetaient, de temps à autre, des petits gâteaux miniatures ensachés.

A l'extrémité Sud, l'ambiance était assurée par le dragon Toctoc, droit sur ses pattes arrière et la gueule grande ouverte. Au lieu de cracher du feu, il expulsait, comme un jukebox, de la musique contemporaine sur laquelle dansaient énergiquement une trentaine de créatures.

Un peu plus loin encore, postés entre une guérite et la bordure du parc, plusieurs établis exposaient des œuvres en tous genres. Au milieu d'entre elles, se tenait le poussin à la coquille d'œuf qui marquait un « W ».

Depuis quelques nuits, ce dernier enseignait à Mathieu l'art de la céramique. Il lui avait déjà appris les techniques de base et ambitionnait d'en faire rapidement un expert. Pour Mathieu, qui ne créait des choses qu'à travers un écran dans le monde réel, donner vie à son imagination par l'intermédiaire de ses mains avait un côté grisant. Il avait l'impression d'être un démiurge. Un démiurge novice, certes, car la glaise qu'il aplatissait, malaxait et élargissait à répétition ne donnait pas toujours le résultat escompté, mais démiurge tout de même, car il avait tout pouvoir sur cette matière physique qu'il modelait selon son bon vouloir.

La sirène partit vaquer à d'autres occupations et laissa Mathieu en compagnie du poussin « W ». Il s'installa sur un établi et commença son travail. La pâte épaisse prenait forme entre ses doigts. Il sentait l'odeur humide qui s'en échappait. Après plusieurs essais, il finit par créer une petite tasse qu'il jugeât plutôt réussie. Le poussin « W » s'en saisit et la mit dans un grand four pour la faire cuire. Une fois que l'objet se serait solidifié, Mathieu pourrait alors s'atteler à la recherche d'éventuelles imperfections du bout de ses doigts, puis il les polirait à l'aide d'une pierre d'agate, en la pressant délicatement sur la surface argileuse de la tasse.

Les semaines suivantes, Mathieu fabriqua ainsi de nombreuses pièces, notamment des médaillons, des boucles d'oreilles et des bagues, qu'il confiait à chaque fois au castor à lunettes pour en assurer la vente. Ses créations connurent rapidement un franc succès et lui permirent, à son tour, de se constituer un petit stock de gâteaux ensachés, qu'il conservait dans son propre sac banane offert par le panda roux. Il était d'ailleurs bien content d'en avoir toujours sous la main, car les effets de la part de gâteau quotidienne laissée par Fookabec sur sa table de chevet ne couvraient jamais la totalité de sa nuit. Et au-delà du bénéfice physique qu'il en retirait, il voyait ces petites attentions comme autant de validations de son travail et par extension de sa personne. Les autres créatures appréciaient ce qu'il faisait et approuvaient qui il était.

Une nuit où Mathieu travaillait à son établi, les trois poussins se réunirent autour d'une broche en forme de pitaya qu'il venait de terminer.

- Les tiges de ta pitaya sont vraiment très réalistes, commenta le poussin « M ».

- Oui c'est bluffant, tu es allé à bonne école, ajouta celui avec la lettre « N », en jetant un coup d'œil complice à son compère « W ». J'espère que tu as prévu de la peindre ?

- Non je n'y avais pas pensé, mais c'est une bonne idée, répondit Mathieu.

- Ça vous fait penser à la même chose que moi ? poursuivit le poussin « M » en se retournant vers les deux autres.

- Le jour où on lançait des fruits exotiques dans les airs et qu'on les tranchait avec un sabre ! répondirent les deux autres de concert.

- Qu'est-ce qu'il ne fallait pas faire pour faire le buzz à l'époque.

- Faire le buzz ? demanda Mathieu, d'un air surpris.

- Oui ! Avant d'arriver ici, on passait le plus clair de notre temps à faire des vidéos sur Tiktok.

- Tout était bon pour engendrer des vues.

- Vous vous connaissiez d'avant ? demanda de nouveau Mathieu qui ne s'était jamais posé la question.

- Ah oui bien sûr !

- On s'est rencontrés au lycée.

- Et à cette période-là, on n'avait qu'un seul objectif en tête : être populaire.

- Quelle perte de temps !

- Quelle charge mentale !

- On devait toujours se montrer sous notre meilleur jour.

- Être beau,

- Drôle,

- Intéressant,

- Et surtout …

- Faire un maximum de vues ! piaillèrent-ils tous les trois en même temps.

Les poussins semblaient si proches qu'ils complétaient chacune de leurs phrases en permanence.

- Ce n'était pas très sain.

- Et on le savait bien au fond de nous.

- Mais comment sortir de cette gigantesque compétition de narcisses ?

- S'arrêter, c'était disparaître.

- Heureusement qu'on a eu l'opportunité de venir ici.

- Ça nous a sauvés.

Soudainement le poussin « N » se mit en retrait. Il regardait ailleurs.

- Je me rappellerai toujours notre première nuit, quand on s'est tous les trois retrouvés nez à nez avec la sirène sur son bernard-l'hermite, poursuivit le poussin « M ».

- Et pourtant le lendemain tu n'en menais pas large, quand tu as réalisé qu'on avait tous vécu la même chose et que ce n'était pas un simple rêve ! lança le poussin « W » en rigolant.

- Certes, répondit-il un peu gêné. En tout cas on n'a pas hésité bien longtemps.

- Adieu injonction à la perfection.

- Adieu diktat du drôle.

- Adieu commentaires assassins pour le moindre mot de travers.

- Et bonjour liberté totale et plaisirs infinis ! s'exclamèrent ensemble les poussins « M » et « W ».

Alors qu'ils continuaient à évoquer leurs souvenirs, le poussin « N » quitta le groupe. Mathieu le suivit du regard et le vit rejoindre l'araignée un peu plus loin. Le poussin « N » prit sa patte dans une aile et ils s'éloignèrent tous les deux vers le fond du parc. Surpris qu'on puisse toucher cette immonde créature, Mathieu abandonna lui aussi les deux autres poussins et suivit discrètement l'improbable couple. Le poussin « N » et l'araignée avaient pris la direction d'un lotissement d'une dizaine de petites huttes, regroupées au milieu de grands saules pleureurs qui ressemblaient toutes à de gros bolets. Chacune avait un mur blanc circulaire et un toit boursoufflé surmonté d'un mitron.

Le couple s'avança vers l'une d'entre elles et y pénétra. Mathieu s'en approcha à son tour, hésita un instant et toqua à la porte. Il attendit quelques instants, personne ne vint lui ouvrir. Ne voulant pas déranger, il laissa la poignée tranquille et fit le tour de la cabane. Il aurait bien aimé voir ce qu'il se passait à l'intérieur. Malheureusement, en dehors de la cheminée qui s'était mise à cracher une fine fumée rose, la hutte ne possédait aucune ouverture. Mû par la curiosité, il se dirigea alors vers une autre cabane et poussa timidement la porte. Celle-ci était ouverte.

- Il y a quelqu'un ? lança-t-il sans obtenir de réponse.

La deuxième hutte était plongée dans une obscurité des plus totales. Mathieu s'y engouffra et se retrouva à son tour plongé dans le noir. La lumière du soleil s'arrêtait étrangement au dormant et rien ne permettait de distinguer ce qui se trouvait à l'intérieur.

Mathieu posa une main contre le mur pour éviter de perdre l'équilibre. Ses deux pieds semblaient s'enfoncer dans une sorte de matière molle. Il fit un pas vers l'avant et quelque chose de doux lui caressa le visage.

- Qu'est-ce que … s'exclama-t-il par surprise en fouettant l'air d'une main.

L'objet invisible s'était volatilisé. Mathieu ne s'aventura pas plus loin et ressortit de la cabane. L'incompréhension se lisait sur son visage.

« Je demanderai à la sirène à quoi servent ces huttes » se dit-il en retournant à son atelier de céramique, « en attendant il faut que je retouche cette pitaya ».

Ainsi se déroulèrent les nuits de Mathieu pendant plusieurs mois. Entre moments passés avec ses nouveaux amis, activités aquatiques, créations en céramique, dégustations au buffet du Bon Marché ou découvertes de nouveaux lieux insolites.

En parallèle, depuis qu'il avait compris qu'il ne rêvait pas, le monde qui l'entourait avait changé. Pas réellement, car les gens étaient toujours les mêmes, son travail et ses obligations aussi, mais la perception qu'il s'en faisait était tout autre et il avait adapté son quotidien en conséquence. Il voyait ses nuits différemment et cette possibilité qui lui était offerte de s'évader dans un lieu de plaisirs infinis avait redéfini son appétit pour le réel.

Au fil du temps, il mit en place plusieurs stratagèmes pour optimiser son temps passé dans Tame. Il refusait presque toujours de voir ses amis, dormait une bonne partie du week-end et passait le plus clair de son temps en télétravail pour réduire ses temps de déplacement. Grâce à cette gestion optimisée de son agenda, il finit par passer autant de temps dans Tame que dans la réalité.

Fadeur et vacuité

Mercredi 30 juin. Le monde s'agitait autour de la chambrette de Mathieu. Dans l'appartement du dessous, le voisin pestait contre une femme, certainement la sienne, qui monopolisait la salle de bains. Dans celui du dessus, des bruits feutrés révélaient la présence d'un petit chien surexcité sur de la moquette. A l'extérieur, les poubelles tirées par des éboueurs résonnaient dans la cour et un oiseau chantait l'arrivée de l'été.

Ce matin-là, Mathieu avait encore une fois repoussé de trois heures son réveil. Il lui restait moins de cinq minutes pour se connecter à sa première réunion de la journée, quand le doute le saisit.

N'était-on pas plutôt jeudi ? Si c'était le cas, il avait déjà plus d'une heure de retard. Il ouvrit son agenda et son intuition se confirma. On était jeudi 29 juin. Fatigué d'avance par la perspective de se faire réprimander, il ne prit même pas la peine de se connecter et partit se doucher pour la première fois de la semaine.

L'optimisation de son agenda avait fini par atteindre le summum de son efficacité. Il parvenait depuis peu à insérer des périodes de sieste dans ses journées. C'était un jeu dangereux, car il avait à chaque fois grand mal à en sortir, mais ce temps supplémentaire lui était trop précieux pour y résister. Malgré tout, il veillait toujours à effectuer correctement son travail, ce qui lui garantissait un salaire confortable et lui permettait de continuer à mener cette double vie.

Son projet de greenwashing s'était merveilleusement bien terminé et il travaillait à présent sur une nouvelle mission qu'il aurait eu grand mal à expliquer si on le lui avait demandé. Malgré sa relation tendue avec Éric, il avait été promu manager et s'était retrouvé à la tête d'une petite équipe de trois personnes. Et comme il travaillait à présent de chez lui la quasi-totalité du temps, il ne risquait plus de se faire sermonner pour son apparence. Tout ce qu'on lui demandait, c'était d'arriver à l'heure. Au niveau vestimentaire, il ne faisait d'ailleurs plus beaucoup d'efforts. Il portait souvent juste une chemise pour donner le change à la caméra et un jogging que personne ne voyait.

Du côté de Thibault, lui aussi avait eu une promotion, mais il ne le voyait guère plus qu'à travers son écran d'ordinateur. Mathieu avait refusé à plusieurs reprises ses invitations à prendre un verre ou à jouer en ligne et s'en était progressivement éloigné.

De la même manière, il n'avait presque plus aucun contact avec Louise. Elle lui avait bien proposé un cinéma, quelques jours après leur rendez-vous désastreux, mais il avait décliné sa proposition. Depuis, il avait cru comprendre qu'elle s'était mise en couple avec le fameux Jean-Michel, celui qui avait fait tant de scandales quelques mois auparavant.

« Les choses évoluent parfois d'une manière bien surprenante » se dit-il le jour où on lui rapporta cette information. En réalité, il s'en moquait un peu. Il était passé à autre chose depuis longtemps.

Seuls ses parents avaient encore de ses nouvelles. Il n'avait finalement jamais pris le temps de les rappeler, mais pour ne pas les inquiéter, il s'astreignait à leur écrire au moins une fois par semaine.

Mathieu s'était peu à peu enfermé dans une existence érémitique. Il ne vivait plus que pour ces moments volés au sommeil. Peut-être en aurait-il été tout autre s'il avait honoré son rendez-vous avec sa psychologue, mais les risques et aléas de la réalité ne lui paraissaient plus en valoir le coup, surtout quand il les comparait à l'océan de plaisirs immédiats que lui offrait Tame. Dans cet autre monde, il allait de petits bonheurs en petits bonheurs, en ne fournissant presque jamais aucun effort. Il ne se fatiguait pas, n'avait ni soif, ni faim, ni trop froid, ni trop chaud. Il n'était pas confronté aux vices de l'Homme, à leur méchanceté, leur sournoiserie, leur cupidité ou leur inconsistance. Les créatures qui vivaient dans Tame étaient d'ailleurs bien plus intéressantes que celles en chair et en os. Il y avait noué de solides amitiés et avait même démarré une relation amoureuse avec la sirène. Chaque recoin de cet autre Paris regorgeait de divertissements, tous plus plaisants les uns que les autres. Et pour couronner le tout, le gâteau de Fookabec rendait en permanence chaque moment plus sensible, plus excitant et plus agréable.

En regardant de nouveau son agenda, Mathieu se rendit compte qu'il avait des réunions planifiées toute la journée. Aucun moment de répit ne lui avait été accordé. Il ne pourrait faire aucune sieste aujourd'hui.

Après un long petit déjeuner, Mathieu se connecta à sa réunion de dix heures trente et découvrit une dizaine de visages mornes. Dès les premiers échanges, il pressentit l'inutilité de sa présence. Quatre personnes monopolisèrent la parole et laissèrent le reste des participants dans un silence absolu. La réunion se conclut, comme souvent, par l'organisation d'une nouvelle session qui se tiendrait l'après-midi. L'organisateur décida d'y ajouter cinq participants supplémentaires pour les aider à avancer sur le sujet car « à n'en pas douter, à quinze ils seraient plus efficaces ».

Mathieu embraya ensuite sur une nouvelle réunion portant sur un tout autre sujet, puis sur une troisième qui prit fin à l'heure du déjeuner. Il éteignit son ordinateur, alluma sa télévision et ramena un plat préparé dans son salon. Depuis un moment, tout ce qu'il mangeait lui procurait aussi peu de plaisir que la tartelette au citron avalée quelques mois plus tôt.

- En quelle année … a remporté … du meilleur acteur ? entendit-il rugir de sa télévision.

La moitié des mots du présentateur ne parvenait déjà plus à ses oreilles.

Mathieu repensait à sa pitaya.

- Le poussin « N » a raison. Est-ce que je ne partirais pas sur du rouge magenta ? Ou sur un rouge pourpre peut-être ?

- C'est une … réponse !

- Il faudrait choisir en fonction de qui me l'achèterait.

- Et vous, téléspectateur ! … composez le …

- La carpe pourrait être intéressée, mais je crois qu'elle n'aime pas trop le rouge. C'est dommage. Peut-être le lapin blanc alors ?

- … par jour pendant un an !

- Je pourrais en tirer une bonne douzaine de petits sachets !

Dès que l'image de gâteau lui revint à l'esprit, Mathieu se mit à saliver. Il inspira un grand coup, mais ne sentit rien d'autre que les effluves de sa poubelle qui débordait.

- Il faudrait que je prenne une femme de ménage, se dit-il, comme à chaque fois qu'il se rendait compte de la crasse qui s'était installée chez lui.

- ... La pub !

Mathieu attrapa la télécommande et éteignit sa télévision. Il voulait penser en paix. Les odeurs de Tame lui manquaient, celles des érables, des tilleuls, des platanes. Celles des fleurs, des étendues d'eau, du bitume, des murs, des créatures, toutes si agréables, en dehors peut-être de celle du gros panda qui en conservait une toujours étrangement répulsive.

Mathieu posa une main sur la table et la caressa du pouce en faisant de petits arcs de cercle. La matière lui parut sans intérêt, sans profondeur. C'était du bois mort, voire de l'aggloméré. Mais là n'était pas le problème. Dans Tame, même le plus banal bout de plastique avait son grain, un certain niveau d'aspérité qui lui donnait du caractère. C'était grandement dû aux effets du gâteau, certes, mais peu l'en importait. L'essentiel était de ressentir. Et de ressentir avec intensité !

Sa pause déjeuner s'acheva comme elle avait commencé, si anecdotique dans son existence qu'il l'avait déjà oubliée, et Mathieu se retrouva dans la réunion qui faisait suite à celle du matin. Partis de dix, ils se retrouvèrent à dix-neuf. Quatre autres personnes ayant eu vent de ce rassemblement et jugeant leur présence indispensable s'y étaient greffées. Les échanges n'en furent pas davantage productifs et l'organisateur conclut par la création de trois nouvelles réunions, dans lesquelles furent répartis les dix-neuf participants, car « à n'en pas douter, en petits comités ils seraient plus efficaces ».

« Ma vie est un jour sans fin » se dit Mathieu en pensant au célèbre film du même nom.

« Comment les gens peuvent-ils accepter de perdre leur temps de la sorte ? Ils doivent bien se rendre compte que tout ça est d'une complète inutilité. Ils en ont forcément conscience. »

La fin de l'après-midi approchait et il resta à Mathieu une petite heure pour finaliser les innombrables sujets hérités de la veille, de l'avant-veille et de toute la semaine précédente. Ces réunions à n'en plus finir phagocytaient complètement ses journées. L'heure se transforma progressivement en deux, puis en trois, puis en quatre. Mais il lui fallait bien terminer tout ce travail qui s'accumulait, faute de quoi la charge finirait par devenir réellement insurmontable.

Ce n'était pas la première fois que Mathieu faisait des heures supplémentaires, mais il était d'autant plus contrarié qu'il allait sûrement se coucher très tard. Et c'était son temps de présence dans Tame qui allait en pâtir.

Le lendemain matin, après une nouvelle nuit d'amusements, son corps refusa de se mettre en mouvement. Quelque chose en lui s'était brisé. Il ne trouvait plus la motivation de se lever. La moindre action lui paraissait complètement vaine. Il n'avait pas envie d'aller travailler, ni de voir qui que ce soit. Jouer à un jeu vidéo, regarder une série ou allumer la télévision lui semblait tout aussi inutile. Même son téléphone, fidèle compagnon d'ennui, ne l'attirait plus. Ce dernier n'arrêtait d'ailleurs pas de vibrer. C'était Éric qui l'appelait. Mathieu l'attrapa et le mit en mode avion. Puis il referma les yeux un long moment dans l'espoir de se rendormir. C'était peine perdue. Il n'avait plus sommeil.

Vers midi, alors qu'il était toujours allongé dans un état de léthargie avancée, son estomac le ramena un court instant à la réalité. Il acheta un plat en ligne au hasard et l'engloutit plus vite qu'il ne l'avait commandé.

Au beau milieu de l'après-midi, il tenta une nouvelle fois de se rendormir, mais n'en avait définitivement pas envie. Tout ce qui le séparait à présent de Tame ne représentait plus aucun intérêt et il passa le reste de la journée allongé dans son lit à attendre que le temps passe, les yeux rivés sur l'heure de son téléphone. Mathieu réussit finalement à s'endormir vers 22h, à l'issue d'une journée qui lui parut interminable.

Dès son arrivée dans Tame, il engloutit la part de gâteau posée sur sa table de chevet. Au bout de quelques minutes, il retrouva son entrain et s'envola par la fenêtre pour retrouver la sirène dans le parc près du Bon Marché. Mathieu aperçut les deux pandas, la carpe, le lapin blanc et bien d'autres créatures, toutes occupées à diverses activités.

- Tu arrives tôt aujourd'hui ! lui lança la sirène en le voyant atterrir.

- J'avais trop envie d'être là. J'ai passé une journée horriblement ennuyante !

- Rien ne vaut Tame, c'est certain ! s'enthousiasma-t-elle d'une voix anormalement sonore.

Dans le dos de Mathieu, les oreilles du panda roux se redressèrent d'un coup. Il abandonna une gigantesque rafle de raisin qu'il était en train de dégrapper et s'envola promptement. La sirène lui jeta un coup d'œil discret, puis revint sur Mathieu qui n'avait rien remarqué.

- Allons faire une partie d'échecs, lui dit-elle en le prenant par la main.

Ils s'enfoncèrent dans le parc et se retrouvèrent sur un échiquier géant de soixante-quatre cases, chacune recouverte soit par des pâquerettes blanches, soit par de la pelouse verdoyante. Une trentaine de créatures les y attendaient déjà.

- Heureusement que je leur avais demandé d'arriver en avance ! lança la sirène, fière de son organisation.

Aux extrémités du terrain, deux tours de guet en bois donnaient une vue imprenable sur l'échiquier. Mathieu grimpa dans l'une d'entre elle et embarqua avec lui une quinzaine de créatures vêtues de longues robes et de collerettes. La sirène fit de même dans celle qui se trouvait à l'autre bout du terrain. Dans la tour de Mathieu, tout le monde était habillé en noir, alors que dans celle de la sirène, les créatures ne portaient que du blanc.

Les deux groupes se mirent à élaborer des stratégies. Quels pions devaient-ils avancer en premier ? Il y avait toute une littérature sur les différentes manières de commencer une partie d'échecs et il était préférable de les connaître pour ne pas se faire piéger. L'objectif du jeu était simple. Chaque équipe, en avançant ses pièces à tour de rôle, devait bloquer les déplacements du roi adverse, de sorte qu'il ne puisse plus effectuer aucun mouvement. Lorsque ce dernier se retrouvait complètement bloqué, la partie était gagnée.

Les deux équipes étaient composées de la même manière, avec huit créatures coiffées d'un gros chapeau rond et trois binômes portant respectivement un fez, un masque de cheval et un béret à pompon. Mathieu et la sirène avaient le rôle des rois et étaient reconnaissables grâce à une grande couronne surmontée d'une croix grecque. A leurs côtés respectifs, le poussin « M » et le gros panda, chacun affublé d'un diadème serti de pierres précieuses, jouaient les reines.

Les joueurs prirent place sur l'échiquier et la partie démarra sous les ordres des deux rois.

- D2 en D4, dit la sirène d'une voix forte et intelligible, pour indiquer la case sur laquelle l'un de ses alliés devait se déplacer.

- E2 en E4, cria Mathieu à son tour.

Chaque combinaison de lettre et de chiffre indiquait une case sur laquelle un joueur devait se déplacer. Les premiers coups s'enchaînèrent rapidement. Quelques créatures grimées en pion avancèrent en premier, puis les fous et les cavaliers se déployèrent.

Après une dizaine de coups, la partie commença à se corser. A l'inverse du jeu de plateau, ce format géant réduisait la visibilité des rois et rendait l'analyse de la partie très compliquée. Comme ces derniers devaient rester au fond du terrain pour ne pas s'exposer au danger, ils voyaient peu de choses au-delà de la quatrième rangée. De plus, leurs alliés se cachaient parfois entre eux, voire étaient dissimulés par la présence d'ennemis avancés derrière leurs lignes. Pour pallier cette vision partielle, les pièces en première ligne devaient donc communiquer ce qu'elles voyaient à leur roi, pour lui permettre de prendre les meilleures décisions.

- Ici ! s'écria un poulet avec un masque de cheval, en se retournant vers Mathieu.

De dos, le volatile mima le numéro d'une case qui représentait un coup imparable. Malheureusement, la sirène avait elle aussi son plan d'attaque et le roi Mathieu fut mis en échec par un fou. Aux tours suivants, l'équipe noire perdit un cavalier, puis deux pions d'affilée. Mathieu se retrouvait clairement en difficulté. Mais grâce à cette débâcle, il venait toutefois de gagner un avantage stratégique.

Chaque joueur éliminé se rendait dans la tour de guet et obtenait une vision incomparable du terrain. L'un des pions qui venait de se faire dévorer par le gros panda descendit rapidement de son perchoir et souffla à Mathieu une nouvelle idée pour coincer la sirène. En deux coups à peine, le dernier cavalier de Mathieu traversa le terrain et renversa la situation. Il attaquait le roi et la reine ennemis ensemble. Le roi était obligé de bouger et la reine périt au tour suivant. Toute l'équipe blanche enragea bruyamment et le gros panda quitta le terrain, vert de rage, en jetant son diadème au sol.

La partie se poursuivit, mais l'équipe de Mathieu avait maintenant un avantage numérique que la sirène pouvait difficilement renverser. Aucun de ses alliés ne parvenait à identifier la moindre faille dans le jeu de Mathieu, même avec sa tour de guet qui se remplissait à vue d'œil. Pendant ce temps, les noirs multipliaient les attaques et mettaient la sirène toujours plus en difficulté, dévorant ses coéquipiers les uns après les autres.

Au vingt-septième tour, toute la cour de la sirène avait été décimée. Elle se retrouva acculée par le roi Mathieu et la reine poussin « M », qui l'encerclaient et réduisaient tour après tour la zone dans laquelle elle pouvait encore se mouvoir. Lorsque la sirène comprit qu'elle était condamnée, elle descendit de son bernard-l'hermite et s'allongea sur le sol en signe de capitulation, sous les hourras de l'équipe noire. Les joueurs blancs revinrent sur le terrain afin de congratuler leurs adversaires et les équipes commencèrent à se mélanger pour démarrer une nouvelle partie.

Mathieu s'approcha de la sirène pour la relever et la remettre sur son bernard-l'hermite, lorsqu'il aperçut de nouveau la mystérieuse fumée rose qui s'échappait à l'arrière d'un bosquet.

- Qu'est-ce qu'il se passe dans les petites cabanes blanches en forme de champignon ? en profita-t-il pour lui demander.

La sirène rougit légèrement, hésita un instant, puis lui proposa de lui montrer ce qui s'y trouvait. Elle le prit par la main et ils s'avancèrent lentement vers la première cabane qui avait une porte entrouverte, laissant la nouvelle partie d'échecs se dérouler sans eux.

La sirène expliqua à Mathieu que son fidèle bernard-l'hermite resterait dehors et qu'il allait devoir prendre le relais. Mathieu la souleva en passant un bras sous sa nageoire, la porta à l'intérieur et la déposa délicatement sur le sol instable dans lequel il la sentit s'enfoncer.

Ils étaient tous les deux enveloppés par la même obscurité que Mathieu connaissait déjà. Il ferma la porte et un feu s'alluma de lui-même dans une grande cheminée, révélant aux yeux de Mathieu un espace bien plus grand qu'il ne l'avait imaginé. La sirène le regardait amoureusement, allongée à ses pieds, et tenant de gros coussins blancs qui lui recouvraient le corps.

Le sol et les murs de la hutte étaient faits d'une matière cotonneuse et seul le crépitement de bûches déjà entièrement embrasées interrompait un silence autrement absolu. En plus de ce décor apaisant, une délicate odeur d'encens vanillé s'était glissée dans les narines de Mathieu. Il s'avança vers le mur circulaire pour s'y tenir et ne pas perdre l'équilibre. Son pied s'enfonça dans le sol et, par effet de levier, une bonne partie des coussins qui recouvraient la sirène s'envolèrent comme des ballons remplis d'hélium. L'un d'entre eux vint caresser son visage et lui obstrua la vue un instant. Lorsque le coussin retomba un peu plus loin, Mathieu réalisa que la nageoire de la sirène avait totalement disparu. Elle avait été remplacée par deux longues jambes de femme repliées sur le côté.

Jusque-là, il avait toujours perçu le corps de la sirène comme une barrière infranchissable à la consommation de l'amour qu'il lui portait. Mais ce qu'il voyait là changeait complètement la donne et une intense sensation de désir se déclencha au niveau de son bas ventre.

Il s'allongea délicatement à côté de son corps à moitié dénudé, lui prit les deux coussins qu'elle tenait encore et retira son haut. Sans dire un mot, ils firent l'amour le reste de la nuit, jusqu'à ce que sa montre se mette à vibrer.

Pour la première fois depuis qu'il était arrivé ici, il reporta tant de fois l'heure du réveil qu'il passa plus de quinze heures d'affilée dans Tame. Étendu sur les coussins retombés au sol, les yeux fixés tantôt sur le plafond, tantôt sur la sirène, Mathieu réfléchissait à sa vie. Pourquoi continuait-il à se réveiller dans la réalité alors qu'il pouvait rester ici de manière permanente ? Pour son travail répétitif et sans intérêt ? Pour ses amis et sa famille qu'il ne voyait déjà presque plus ? Pourquoi s'imposer ces contraintes alors qu'il pouvait passer ses journées à s'amuser ici sans aucune obligation ? Que ses sens exacerbés par le gâteau lui procuraient des sensations à mille lieues de ce que la réalité pouvait lui offrir ? Que ces extraordinaires créatures étaient autrement plus attentionnées et intéressantes que n'importe lequel de ses semblables ?

Mathieu repensa à toutes les histoires qu'on lui avait contées. Celles de la carpe, du lapin blanc, de l'araignée, de la sirène et des trois poussins. Elles avaient toutes en commun la même prise de conscience qu'il était en train de réaliser à son tour. Il se retourna vers la sirène et s'imagina passer le restant de ses jours à ses côtés.

Sa décision était prise. Il n'avait plus ni besoin, ni envie de retourner dans la réalité. Tout ce qui le rendait heureux se trouvait à présent ici.

Aux alentours de treize heures, Mathieu et la sirène finirent par sortir de la hutte et constatèrent que le parc s'était entièrement vidé. Seuls restaient le panda roux, assis dans un grand fauteuil en velours bleu roi et le bernard-l'hermite, une balle en mousse entre les pinces. Ils attendaient visiblement la sortie des deux tourtereaux.

- Prêt à rencontrer Zack ? lui lança le panda roux, en tendant une part de gâteau à chacun d'eux.

Mathieu et la sirène la mangèrent en silence, puis le petit groupe s'envola en direction du Sacré-Cœur. Personne n'ouvrit la bouche de tout le trajet.

Une fois arrivés à destination, Mathieu s'engouffra en premier dans le bâtiment, suivi du panda roux et de la sirène assise en amazone sur le crustacé. L'intérieur de l'édifice baignait dans une lumière rose, comme si la voûte céleste s'y était déplacée. Une foule compacte était assise sur les bancs placés en arcs de cercle et, en leur centre, se trouvait l'homme qu'il avait vu dans son carrosse portatif lors de la fanfare.

- C'est lui ? demanda discrètement Mathieu au panda roux qui acquiesça de la tête.

Non loin de l'autel principal, un orchestre mené par l'araignée, qui avait troqué sa robe à fleurs pour une queue-de-pie et un chapeau haut de forme, démarra une douce mélodie dans un silence religieux.

La mine peu assurée, Mathieu s'avança vers le centre de l'édifice. Chacun de ses pas était ponctué d'une même note de harpe jouée par le gros panda. Dès que Mathieu arriva au niveau des créatures assises, plusieurs autruches avec violons et contrebasses prirent le relais du gros panda et jouèrent sept sons sourds consécutifs. Il s'engagea alors dans l'unique allée qui séparait les bancs et menait à Zack.

Toutes les créatures qu'il connaissait étaient présentes et le regardaient en souriant. Il reconnut les trois poussins, habillés en costumes violets, qui lui firent un geste amical de la tête lorsqu'il passa à côté d'eux. Puis le castor à lunettes, le chat plongeur et tant d'autres qui se révélaient à mesure qu'il avançait, chacun lui adressant un signe affectueux. Au premier rang, le mouton et le lapin blanc étaient tous deux vêtus d'une veste cintrée et brodée de fil d'or au niveau des manches. A leurs côtés, la carpe portait un cardigan en laine, boutonné jusqu'au cou, duquel dépassait un nœud papillon à pois. Mathieu remarqua qu'ils étaient tous les trois nu-tête et portaient chacun une petite paire de lunettes rondes teintées. Bien droit derrière Zack, il aperçut Fookabec dans un costume rose, les deux ailes posées l'une sur l'autre. Lorsqu'il arriva au niveau de Zack, un petit singe entama un solo de flûte, rejoint quelques instants plus tard par la harpe du gros panda et le reste de l'orchestre.

Mathieu reconnut le morceau qu'ils étaient en train de jouer. L'air était joyeux. Il s'agissait d'une œuvre de Camille Saint-Saëns, intitulée « la danse macabre », laquelle, malgré son nom lugubre, lui donna surtout l'envie de danser en tournoyant sur lui-même.

- Je suis si content de te rencontrer enfin, dit Zack sur un ton enjoué, en écartant les bras dans sa direction, avant de poursuivre en s'adressant à la foule. Nous sommes réunis aujourd'hui, amis, connaissances, pour célébrer dans la joie, l'arrivée d'un nouveau membre dans notre communauté.

La foule se mit à applaudir. Zack poursuivit. La musique ralentit.

- Mathieu, ici présent, a fait preuve d'une sympathie, d'une générosité et d'une gentillesse qui n'ont cessé de croître depuis sa première nuit chez nous. Il a démontré des qualités remarquables, qui m'ont été confirmées par nombre d'entre vous, et s'est admirablement intégré à notre communauté. C'est pourquoi nous sommes ravis, aujourd'hui, de te proposer de rester parmi nous pour toujours, ajouta-t-il en le regardant dans les yeux.

La foule applaudit de nouveau. Mathieu sourit avec une certaine retenue dictée par la solennité du moment.

- Je vais à présent te retirer ta montre, à la fois symboliquement, mais aussi pour détruire ce qui te relie encore à l'autre monde. Répète après moi : « Je, Mathieu … »

- Je, Mathieu, dit-il immédiatement.

- … souhaite devenir un résident à part entière de Tame

- … souhaite devenir un résident à part entière de Tame

- … et renonce pour toujours à me réveiller dans mon enveloppe corporelle humaine.

Mathieu marqua un temps, regarda les créatures autour de lui et répéta la dernière phrase.

Zack sortit alors une petite clé de sa poche et saisit le poignet de Mathieu. Il enfonça l'objet dans la minuscule serrure du cadran qui remplaçait le chiffre six, tourna d'un quart et libéra Mathieu de sa montre. Puis il rangea méticuleusement l'objet dans un petit coffret et le confia à un gros chat au pelage arc-en-ciel, qui s'était discrètement approché de lui par derrière.

Au même moment, l'orchestre entama avec entrain la dernière partie du morceau.

- Félicitations ! s'exclama Zack en haranguant la foule.

Le même mot retentit tout autour de lui, repris par l'ensemble des créatures qui s'étaient levées et applaudissaient à tout rompre.

- Tu es maintenant libre de jouir sans réserve. Libre d'assouvir pleinement tes pulsions animales.

- A quoi vais-je ressembler ? demanda timidement Mathieu.

Zack lui sourit, mais ne répondit rien. Derrière lui, un gâteau gigantesque s'avançait dans sa direction. Il faisait cinq bons mètres de haut et était tellement large qu'il invisibilisait son porteur. Seules les deux petites pattes d'oiseau qui dépassaient par-dessous trahissaient l'identité de Fookabec.

Toutes les créatures autour de lui se précipitèrent dessus avec bestialité, à grands coups de pattes, d'ailes ou de nageoires, tentant d'en enfourner plus que leur gueule ne pouvait en contenir. Le coulis dégoulinait de leurs babines, inondait leur poitrine et finissait immanquablement par s'écraser sur le joli sol en travertin de la basilique.

Dans le feu des festivités, l'araignée se mit à lancer des fils de soie dans les airs, qui retombèrent en tournicotant comme des serpentins, tout en faisant onduler ses huit pattes en rythme. Autour d'elle, le mouton et les deux pandas bêlaient de concert la bouche pleine, gorges déployées, comme une bonne partie des autres mammifères présents. En parallèle, certains singes grimpaient sur les colonnes intérieures de l'édifice et criaient à tue-tête des sons qui n'avaient vraiment plus rien d'humain.

Le morceau de Camille Saint-Saëns toucha à sa fin et un grand bruit retentit à l'entrée de la basilique. Le dragon Toctoc venait de se poser sur le parvis et pénétra dans le bâtiment. Il s'arrêta, fixa Mathieu un instant, lui aussi à travers de petites lunettes rondes teintées, et s'en alla tournoyer sous la voute. Sa grande gueule s'ouvrit et « *La vie en rose* » d'Edith Piaf se mit à résonner dans l'édifice. Dès les premières notes, tout le monde reconnut la chanson et reprit en chœur les paroles diffusées par le dragon Toctoc. A mesure que le gâteau faisait son effet, chacun s'élevait à son tour dans les airs et ondoyait à ses côtés.

- La cause de ton bonheur, c'est Tame, chuchota Zack à l'oreille de Mathieu, l'œil malicieux, pendant que ce dernier s'élevait à son tour.

Les créatures finirent par occuper tout l'espace du sol au plafond, virevoltant comme des papillons dans une volière trop petite. La fête dura jusqu'au petit matin du jour suivant et fut, de l'avis général, l'une des plus belles jamais organisées jusqu'à ce jour.

Dans le monde réel, Mathieu dormait toujours paisiblement, allongé sur le ventre, la joue gauche enfoncée dans son coussin. Ses bras inertes longeaient son corps et seules ses paupières agitées trahissaient encore une intense activité cérébrale.

Ce jour-là, il ne se réveilla pas. Ni le lendemain. Ni le surlendemain.

Partie 2

Bienvenue Charlotte !

Le boulevard Montmartre était désert. La température avoisinait les 25 degrés et une lente course de nuages se jouait dans le ciel rose. Sur le plancher des vaches, groin au vent, un cochon vêtu d'une veste en velours côtelé et d'un pantalon en lin patientait les fesses posées sur un banc. Son visage rosé et joufflu était recouvert d'un discret duvet blanc et un vent calme venait courber ses deux grandes oreilles. Il se tenait légèrement penché vers l'avant et balançait ses deux pattes arrière trop courtes pour pouvoir toucher le sol. Autour de lui, les rez-de-chaussée des immeubles étaient uniquement composés de commerces. Il était encerclé par trois restaurants, un magasin de meubles, un théâtre et un musée dans lequel se trouvait une importante collection de mannequins en cire. Le cochon s'y rendait parfois pour revoir les personnalités de son ancienne vie. Pour l'heure, il restait très concentré sur l'intersection d'une rue perpendiculaire à la sienne.

Après un long moment d'attente, une petite brune d'une vingtaine d'années pénétra dans son champ de vision. Elle caressait les murs des immeubles en pierre de taille en les fixant avec attention, sans remarquer qu'on l'observait. Le cochon connaissait son prénom. Elle s'appelait Charlotte. Son regard vagabondait sur les bâtiments à l'architecture typiquement parisienne, qu'elle ne connaissait que par les réseaux sociaux. De temps à autre, elle s'arrêtait sur un bas-relief original ou sur un balcon filant bien verdi.

Alors qu'elle arrivait au milieu du carrefour, la jeune femme tourna le dos au cochon et s'immobilisa un instant devant la statue d'un gros chat assis sur un cheval, qui tenait un glaive pointé vers le ciel. Puis elle baissa les yeux sur son poignet. Le cochon ne voyait pas distinctement ce qu'elle faisait, mais devina qu'elle essayait de retirer sa montre dorée.

Soudainement, la jeune femme s'engouffra dans une rue adjacente et quitta l'avenue. L'animal, qui ne s'attendait pas à ce qu'elle prenne ce chemin, se leva d'un bond et se hâta dans sa direction en trottinant sur ses deux pattes arrière. Au moment de tourner à son tour, il manqua de la bousculer. Elle s'était arrêtée là, absorbée par des plats à l'intérieur d'un restaurant vide.

- Oh pardon ! s'exclama-t-il spontanément.

Elle se retourna, s'excusa également, puis se figea à la vue de l'animal. Seuls ses petits yeux marrons restaient en mouvement, parcourant le corps du cochon de haut en bas, de ses sabots jusqu'à ses grandes oreilles poilues.

- Tout va bien ? lui demanda-t-il un peu gêné par la situation.

La jeune femme ne répondit rien. Au bout de longues secondes qui lui parurent interminables, le cochon remarqua que ses paupières s'étaient mises à scintiller.

- Oh non, ne pleure pas. Qu'est-ce qu'il y a ? Je t'ai fait peur ?

La jeune femme approcha lentement une main de sa tête et l'effleura du bout des doigts. Il resta statique, autant intrigué qu'émoustillé qu'on lui caresse ainsi la joue. Elle écarta un peu sa main, sembla hésiter un instant, puis ferma son poing et lui asséna un violent coup au visage qui le fit vaciller.

- Mais ça va pas ou quoi ? Tu es complètement folle, vociféra-t-il en se redressant péniblement.

La jeune femme ne répondit rien. Elle l'analysait toujours sous toutes les coutures, les yeux mi-clos et les sourcils froncés. Elle se pinça la peau d'un avant-bras, puis y planta vigoureusement ses ongles en gémissant. Le cochon comprit qu'elle essayait de se réveiller. Devant l'échec de ses tentatives, Charlotte s'assit en tailleur sur le trottoir, ferma les yeux et ne bougea plus. Le cochon tenta de la faire réagir en lui posant plusieurs questions, mais elle garda les yeux fermés et continua de l'ignorer. Au bout d'une bonne minute, son corps tout entier se mit à trembler et son visage s'empourpra.

- Charlotte ? Charlotte ? cria le cochon en lui secouant l'épaule.

La jeune femme finit par prendre une profonde et bruyante inspiration. Elle cessa de trembler et reprit progressivement son teint naturel. Paniqué par ces réactions inattendues, le cochon attrapa son poignet entre ses pattes et tira la couronne de sa montre. En quelques secondes, le corps de la jeune femme se vaporisa dans une fine fumée rose nébuleuse et s'éparpilla dans l'atmosphère.

Le cochon souffla lourdement. Il était très agacé par ce qui venait de se passer. Ce n'était pas du tout ainsi qu'il avait prévu sa première rencontre avec Charlotte. Plus il se rejouait la scène, plus il s'énervait. Son groin se mit à frémir, puis ses babines à frétiller. Pris d'une rage croissante, il se mit à quatre pattes et courut aussi vite que possible pour se défouler. Au détour d'une ruelle, il sentit une perte d'adhérence sous ses pieds. Il était au milieu d'un amas de terre humide. Il y pencha son groin pour sentir sa composition, puis se coucha dedans et fit plusieurs tours sur lui-même. La boue était chaude, douce et délicieusement odorante.

« Qu'est-ce que c'est bon ! » se dit-il après s'en être recouvert tout le corps.

« Rien de tel qu'un bon bain de boue pour oublier ses problèmes ». Une fois sa pulsion satisfaite, il se releva, avala un petit gâteau de son sac banane, puis s'envola en direction du Sacré-Cœur. Zack devait être informé de la situation. Il se sentait apaisé, mais cela n'effaçait en rien le revers qu'il venait d'essuyer.

Le cochon atterrit sur le toit de la basilique et s'y introduisit par une grande fenêtre laissée ouverte. Elle donnait directement sur les marches d'un escalier en colimaçon aux courbes exiguës, dans lequel il faillit rester coincé à plusieurs reprises. Après moult contorsions, il finit par atteindre le dernier étage et s'arrêta devant une petite porte bleue. Une plaque métallique y était clouée et on pouvait y lire « Bureau de Zack – Ne pas entrer sans y avoir été convié. » Le cochon toqua à la porte et patienta, l'oreille tendue.

« Oui, entre » finit-il par entendre après de longues minutes d'attente. Il tourna la poignée et pénétra dans une salle immense. A l'intérieur, se trouvait Zack, derrière un imposant bureau de style louis XV, assis dans un fauteuil capitonné aux accoudoirs dorés du même style. Les murs de la pièce étaient recouverts d'écrans. Chacun d'eux affichait des lignes de caractères incompréhensibles, des photos d'inconnus et des vidéos de différents endroits de Tame. Zack leva les yeux vers le cochon d'un air incommodé.

- Pourquoi n'es-tu pas avec Charlotte ? demanda-t-il calmement, avant de se rendre compte que le cochon était recouvert de boue.

Son visage, d'une blancheur immaculée, se teignit soudainement de rouge vif. Il contourna le bureau en attrapant son sceptre au passage, s'approcha du cochon à vive allure et le rossa d'une violence telle que l'animal s'écrasa contre le sol.

- Comment oses-tu te mettre dans un tel état ! lui hurla-t-il, les yeux imprégnés d'un rouge aussi vif que ses pommettes. Regarde-toi ! Tes habits sont complètement souillés ! L'apparence ! L'apparence ! L'apparence ! dit-il en accompagnant chaque répétition d'un coup de sceptre. C'est tout ce qui compte ! Combien de fois vais-je devoir vous le répéter !

Le cochon ne s'attendait pas à une telle réaction. C'était bien la première fois que Zack levait la main sur lui.

- Excuse-moi Zack, je ne sais pas ce qu'il m'a pris.

- Ce n'est pas parce que tu es un cochon que tu dois te comporter comme tel ! Contrôle-toi ! vociféra le jeune homme.

- Ça ne se reproduira plus, lui répondit-il tout penaud, en se relevant péniblement.

Zack s'ébroua, souffla un grand coup et reprit un ton un peu plus calme.

- Je me moque que tu cèdes à tes pulsions, tant que ça ne se voit pas. Retiens bien ça. Ça ne doit pas se voir ! Tu as intérêt à bien te laver avant de retourner auprès de Charlotte. Qu'elle ne te voie pas dans cet état. Où est-elle d'ailleurs ?

- Je l'ai faite se réveiller, ça ne s'est pas très bien passé, répondit le cochon on ne peut plus confus.

- Déjà ? Mais pourquoi je n'ai pas reçu d'alerte ?

Zack retourna derrière son bureau et regarda un petit écran qui diffusait le moment où le cochon avait failli percuter la jeune femme. Sur un autre derrière lui, une galaxie de photos mettant en scène Charlotte apparut dans la foulée. On la voyait tout sourire, assise à la terrasse d'un café, à la plage avec des amis ou à sa remise de diplôme. Chaque seconde, une nouvelle image venait remplacer la précédente et donnait un aperçu assez exhaustif de sa vie. A sa droite, d'innombrables informations défilaient sur un bandeau vertical :

Prénom : Charlotte
Nom : Louin
Présence actuelle : Réalité
Niveau de bonheur dans la réalité : 72%
Sexe : Féminin
Âge : 23 ans
Situation familiale : Célibataire
Lieu de résidence : 25 Rue Fernand Delmas, 19100 Brive-la-Gaillarde
Taille : 1,65m
Poids : 51kg
Couleur des yeux : vert marron
Couleur des cheveux : châtain
Situation professionnelle : serveuse
Salaire annuel : 23k€
Parents : Patrice Louin - Joséphine Louin
Frères et sœurs : 0
Nombre de relations de rang 1 (>1 interaction par semaine) : 21
Nombre de relations de rang 2 (>1 interaction par mois) : 90
Nombre de relations de rang 3 (>1 interaction par an) : 732
Connaissances (<1 interaction par an) : 4 928
Centres d'intérêts principaux : Danse (12%), musées (10%), réseaux sociaux (9%), cuisine (7%), musique (7%), randonnée (6%), cinéma (5%)

Derrière chaque donnée affichée à l'écran se cachait un niveau d'informations supplémentaires, qui permettait de découvrir davantage de précisions sur la rubrique concernée.

Zack, toujours assis dans son fauteuil, imita la forme d'un pistolet avec son index et son majeur, puis décala ses deux doigts dans les airs comme s'il chassait une mouche. Les informations présentes dans le champ intitulé « présence actuelle » furent d'un coup remplacées par de nouvelles et le cochon put alors y lire :

Présence exacte : lit
État : endormie
Durée précédente dans Tame : 14min03
Distance parcourue : 120 mètres
Créatures croisées : 1
Niveau de bonheur moyen Tame : 12%

Zack agrandit une nouvelle fois le dernier champ sur l'écran avec ses doigts, au profit d'un graphique représentant l'évolution du bonheur de Charlotte lors de ses quatorze minutes passées dans Tame. La courbe indiquait qu'elle avait été assez heureuse à son arrivée, avant que l'indicateur ne s'effondre au moment où elle s'était retrouvée nez à nez avec le cochon.

- J'imagine que tu n'avais pas prévu cette réaction ? demanda Zack en se caressant le menton.

- Non … répondit l'animal en baissant les yeux pour masquer sa honte. Elle n'a pas pris le chemin que j'avais prévu. Du coup je me suis précipité à sa poursuite et je pense que je lui ai fait peur.

- Une réaction aussi épidermique, c'est étonnant. Et je vois sur la vidéo qu'elle n'a presque pas parlé. Si elle était restée trop longtemps dans cet état de stress, on aurait pu la perdre. N'oublie pas que s'ils paniquent trop, ils peuvent même se réveiller par eux-mêmes. Et les rares fois où c'est arrivé, on n'a jamais réussi à les faire revenir.

- Oui je sais bien. C'est pour ça que j'ai préféré la faire se réveiller immédiatement. Pour éviter qu'elle n'ait une trop mauvaise expérience de sa première nuit ici.

Le cochon semblait très affecté.

- Tu as pris la bonne décision, poursuivit Zack, redevenu doux comme un agneau. Ça se passera mieux la nuit suivante. En revanche, tu vas devoir la travailler au corps, elle n'a pas l'air commode. Allez, présente-moi les prochaines étapes du programme que tu lui as concocté.

Le cochon se ressaisit. Il s'approcha de l'écran de Zack, bougea sa patte vers la gauche et fit réapparaître la première page.

- Je me suis basé sur plusieurs données qu'on voit là, commença-t-il à expliquer. Charlotte aime beaucoup la peinture, mais elle vit à la campagne et a un revenu relativement peu élevé.

Le cochon fit apparaître de nouvelles informations qui se trouvaient derrière le centre d'intérêt "musées".

- Ces douze derniers mois, d'après son GPS, elle a visité une galerie d'art privée, deux expositions payantes et deux musées gratuits. On voit qu'elle n'est pas sortie de sa région et qu'elle n'a donc vu aucune œuvre exposée à Paris.

Zack écoutait avec attention le raisonnement du cochon.

- Dans le même temps, elle suit et consulte régulièrement les réseaux sociaux de nombreux musées de la capitale, comme celui de l'Orangerie, le Louvre, le musée d'Orsay, le musée Rodin et j'en passe. Ce qui fait de ces lieux de puissants centres d'intérêt encore inassouvis et donc exploitables, ajouta l'animal.

Zack acquiesça de la tête, tout en continuant à se caresser le menton.

- J'ai donc prévu un programme sur trois semaines, poursuivit le cochon. Demain, comme c'est l'usage, elle assistera à la fanfare. Je lui apprendrai à voler puis, si j'y parviens, je l'emmènerai au musée de l'Orangerie. La semaine suivante, je lui en ferai visiter d'autres parmi ceux qu'elle regarde le plus en ligne. Et enfin, je lui présenterai quelques résidents de Tame et lui ferai découvrir les meilleurs endroits de la ville.

- Qui as-tu prévu de lui présenter ?

- Le lapin blanc et le poussin « W » pour commencer, puisqu'ils partagent tous les deux son goût pour l'art.

- Bonne idée. Et la fanfare est bien prévue pour demain ?

- Oui, tout le monde est prêt. Son style de musique préféré étant le jazz, j'ai vu avec les singes et le dragon Toctoc pour qu'ils commencent par « *When The Saints Go Marching In* » de Louis Armstrong, puis ils enchaineront sur huit autres morceaux du même répertoire. Le dragon Toctoc prendra ensuite le relais avec, comme à son habitude, des musiques plus contemporaines.

- Parfait. Et il y aura assez de gâteaux pour tout le monde ?

Le cochon émit un petit rire nerveux.

- Affirmatif. Fookabec en a préparé une dizaine. Et des bien gros !

- Ma foi, tout me semble en ordre. Pas mal pour une première fois. Et n'oublie pas, le plus important c'est qu'elle s'amuse le plus possible. C'est es-sen-tiel ! dit-il en séparant chaque syllabe. Il ne faudrait pas qu'elle nous fasse faux bond une deuxième fois.

Zack marqua un court silence, le temps de réfléchir s'il n'avait rien oublié, et finit par poser une dernière question.

-   Où apparaît-elle lorsqu'elle se réveille ?

-   Dans l'appartement d'une femme de son âge. Comme elle n'a pas de chambre ici, j'espérais ainsi ne pas trop la dépayser en …

-   Mauvaise idée, coupa-t-il sans détour, en opérant des modifications directement sur son écran. Il faut l'émerveiller dès qu'elle ouvre les yeux ! Au prochain réveil elle apparaîtra au pied de la tour Eiffel.

-   Merci Zack, je préviens tout le monde qu'on déplace la fanfare sur le Champ-de-Mars, répondit le cochon, en s'inclinant devant lui.

Il sortit de la basilique comme il y était entré et poursuivit ses préparatifs toute la journée. Il fallait encore répéter les pas de danse avec les autruches, préparer ses plus beaux habits colorés, vérifier l'état du carrosse de Zack, recompter l'argenterie pour s'assurer que rien ne manquait, …

La liste des tâches dont il avait la responsabilité était interminable. Et comme si cela ne suffisait pas, il devait aussi se replonger dans les données de Charlotte pour être certain de bien connaître ses goûts, ses passions et les moindres détails de sa vie sur le bout des doigts.

Nuit au musée

Une centaine de créatures attendaient patiemment, cachées entre deux haies du Champ-de-Mars. Les petits singes lustraient leurs trompettes avec des chiffons, les autruches étiraient leurs grandes pattes sur le sol terreux et les taureaux jouaient une partie de tarot à côté du carrosse doré. Zack était plongé dans une grande conversation avec Fookabec, devant une large table à roulettes sur laquelle étaient posée une dizaine de gâteaux. Un dauphin coiffé d'un chapeau melon fumait la pipe avec un hamster, l'araignée ajustait un serre-tête en soie sur la tête d'une chèvre, deux lévriers en costumes de clowns faisaient un concours de saut et le reste des créatures attendaient en silence l'arrivée de Charlotte, regroupées en petits groupes éparpillés ici et là.

Au bout du Champ-de-Mars, le dragon Toctoc était perché sur un large bâtiment. Exit la perruque à bouclettes et les lunettes teintées, il arborait à présent une épaisse ceinture pailletée au-dessus de ses cuissots musclés. Le lapin blanc et la carpe, toujours au fait des dernières tendances, se pavanaient eux aussi fièrement avec ce nouvel accessoire à leur taille. La ceinture impressionnait nombre de créatures autour d'eux, qui leur donnaient parfois des petits gâteaux sur leur passage.

- Merci très cher ! lança le lapin blanc au dauphin coiffé d'un chapeau melon, qui venait de lui en glisser un dans son sac banane.

- C'est mérité. Ton élégance n'a d'égal que ta générosité, lui répondit-il d'un ton obséquieux.

Tout le monde regardait la scène du coin de l'œil. Le lapin blanc avait parlé au dauphin. C'était donc lui aussi une personne d'importance. L'araignée s'approcha de lui et donna à son tour l'un de ses petits gâteaux.

- Merci ! s'enthousiasma le dauphin.

- Mais de rien. Tu es très chic aujourd'hui, lui dit-elle sans en penser un traitre mot

La popularité du lapin blanc avait immédiatement déteint sur celle du dauphin et l'araignée voulait à son tour en bénéficier. Ainsi fonctionnait l'équilibre dans Tame. Les gâteaux étaient si importants au bien-être de chacun, qu'il fallait tout faire pour en détenir le plus possible. Quitte à en offrir dans l'espoir d'accroître sa popularité, pour en obtenir encore davantage par la suite.

La carpe et le lapin blanc avaient continué leur balade quand ce dernier s'arrêta net. Il venait d'apercevoir le mouton à l'écart du groupe, assis à même le sol, l'air affligé et vêtu d'un simple pagne marron.

- Il est tombé bien bas, dit le lapin blanc à la carpe, en détournant rapidement son regard.

- Oh ! laissa-t-elle échapper d'un air écœuré, une nageoire sur la poitrine.

- J'ai toujours su qu'il n'avait pas les épaules. Il a gagné beaucoup trop de gâteaux d'un coup l'année dernière. Ça lui a fait tourner la tête.

- Pourtant, je l'avais mis en garde, mais il ne m'a pas écoutée.

- Ne te blâme pas, dit le lapin blanc d'un air compréhensif. Il n'a jamais su se contrôler. Entre les gâteaux qu'il mangeait en masse et ceux qu'il échangeait contre des habits hors de prix, il était voué à se retrouver à sec, c'était inévitable.

Le mouton se mit à geindre bruyamment, interrompant leur conversation.

- Aurais-tu un petit gâteau à me dépanner ? lança-t-il à Fookabec, qui se trouvait à proximité. Je me sens si faible, je n'en ai plus aucun sur moi.

- Tu connais les règles. Un par jour et par personne, lui répondit-il sèchement.

- S'il te plait. Je me sens complètement vidé. Je ne ressens plus rien. Je t'en supplie, donne m'en juste un.

- Tu ne peux pas attendre l'arrivée de Charlotte ? J'ai préparé plusieurs gros gâteaux pour l'occasion.

- Non, je ne pourrai pas tenir jusque-là, insista le mouton en gémissant de plus belle.

Devant ses supplications, le coucou sortit le plus petit gâteau ensaché de son sac banane et le lui jeta au sol.

- Trouve un moyen d'en gagner par toi-même la prochaine fois. Tu imagines si tout le monde faisait pareil ?

Le mouton se jeta dessus et le dévora d'un trait.

- J'ai bien essayé de fabriquer des chapeaux, mais personne n'en veut, dit-il la bouche encore pleine.

- Essaie autre chose alors ! Divertis-nous par exemple ! lança Fookabec, très agacé par son comportement.

Le mouton prit son élan et se mit à faire des cabrioles au milieu des autres créatures.

- Ça vous plaît ? Ça vous plaît ? Est-ce que je ne mériterais pas un autre petit gâteau ? lança-t-il d'un air plaintif à tous ceux qu'il croisait.

- Faire rire de lui, c'est bien la dernière chose qu'il lui reste, murmura le lapin blanc à la carpe d'un air hautain.

Dès que le mouton approchait d'un groupe, tous ses membres faisaient mine de l'ignorer. Seul Fookabec s'amusait de le voir ainsi s'humilier. Le cochon, craignant que toute cette agitation ne mette en péril sa mission avec Charlotte, finit à son tour par lui lancer un petit gâteau de son sac banane pour le calmer. Le mouton l'attrapa au vol et l'engloutit sans même le sortir de son sachet

- Ah non ! Tu t'en es mis partout dans ton pelage, lui lança Zack en fronçant les sourcils. Ce n'est pas croyable d'être aussi sale, va te débarbouiller. Charlotte ne doit pas te voir dans cet état.

- Il n'a même pas été capable de mettre le gâteau du cochon de côté, chuchota de nouveau la carpe au lapin blanc. Il n'est vraiment pas près de remonter la pente.

Le mouton s'en alla par les airs, honteux mais revigoré par les deux gâteaux qu'il venait d'avaler. Soulagé qu'il soit parti, le cochon se remit à scruter le parvis de la tour Eiffel à l'aide de petites jumelles.

Vers minuit quinze, Charlotte fit enfin son apparition dans le même nuage de fumée rose qui l'avait vue disparaître la veille, à une vingtaine de mètres du monument.

- Elle est là ! Tout le monde en position ! cria le cochon.

Les yeux rivés sur ses jumelles, il la suivait sans perdre une miette de ses faits et gestes.

Après un petit moment sans bouger, elle finit par tourner les yeux vers l'édifice en fer brun puddlé, puis s'avança en direction d'un de ses pieds et s'y engouffra. Quelques minutes plus tard, elle réapparut un peu plus haut au cœur de la structure. Comme aimantée, elle posa sa main sur l'une des parois métalliques et leva les yeux vers le premier étage de la tour.

D'après les données que le cochon avait à sa disposition, Charlotte vouait une admiration toute particulière à la tour Eiffel, mais c'était la première fois qu'elle l'observait de ses propres yeux. Cet inoxydable symbole de romantisme, qu'elle avait vu dans de nombreux films et séries, avait bercé sa jeunesse. Elle avait d'ailleurs, pendant un temps, songé à s'installer dans la capitale. Sur une vieille photo d'elle partagée en ligne, le cochon avait même reconnu une affiche du célèbre monument punaisée au-dessus de son lit. A la fin de son adolescence, elle avait abandonné l'idée de quitter sa ville natale et son engouement s'était quelque peu estompé, mais ses récentes activités numériques indiquaient que Paris la faisait toujours beaucoup rêver.

Le cochon fit signe à la fanfare de sortir de sa cachette, puis au dragon Toctoc de lancer sa musique. La bête se redressa sur ses pattes arrière, écarta les ailes et ouvrit grand sa gueule, faisant résonner la voix éraillée de Louis Armstrong dans tout le parc. En tête du cortège, les petits singes attendirent quelques instants, puis embrayèrent à leur tour avec leur trompette.

Le cochon, ses jumelles toujours rivées sur Charlotte, la vit se retourner vers eux. Elle disparut un instant et ressurgit en bas de la tour, avançant d'un pas rapide dans leur direction. L'habituelle fanfare se dévoilait peu à peu devant ses yeux ébahis. Derrière les trompettistes poilus, les autruches en froufrous se trémoussaient, suivies de Zack assis dans son carrosse doré qui faisait claquer ses doigts en rythme. Le reste des créatures qui composaient le gros du cortège dansaient chacune à leur manière et se calquaient autant que possible sur les pas des autruches.

Charlotte, qui s'était déjà bien avancée, s'arrêta à quelques mètres de distance de la foule. Son visage affichait une expression confuse, à mi-chemin entre l'angoisse et l'émerveillement.

- Laisse-moi lui parler en premier s'il te plaît, chuchota le cochon à Fookabec.

- C'est contraire au protocole, lui répondit sèchement le coucou, déjà prêt à lui servir une part de gâteau.

- Je sais, mais je suis le seul qu'elle ait déjà rencontré. Ça devrait la rassurer de voir un visage familier. Je voudrais éviter qu'elle panique comme hier.

- Justement, on ne peut pas dire qu'elle te porte dans son cœur. Mais fais comme tu veux, elle est sous ta responsabilité après tout.

Alors que les singes entamaient leur troisième morceau de jazz, la première partie du cortège arriva au niveau de Charlotte et la dépassa comme si de rien n'était. Quelques instants plus tard, le cochon approcha à son tour et fit mine d'être surpris par sa présence.

- Ça alors ! Te voilà de nouveau ici !

La jeune femme lui sourit. L'angoisse de la veille semblait s'être transformée en curiosité. Elle le salua, toute guillerette, et s'excusa de l'avoir giflé.

- Oh, ce n'est rien, je n'ai pas eu si mal que ça, répondit le cochon un peu gêné.

Animée par la musique et les créatures autour d'elle, qui s'étaient toutes mises à danser le Charleston, Charlotte dodelinait de la tête. Le cochon aurait aimé poursuivre la discussion qu'il avait minutieusement préparée mais Charlotte n'avait plus d'yeux que pour la fanfare. Ce qui était une bonne chose en soi, mais contrecarrait quelque peu ses plans.

Emportée par l'ambiance, Charlotte se mit à son tour à danser. Elle abaissa son bassin vers le sol en pliant ses genoux et se déhancha de la même manière que les autres.

Devant son enthousiasme, le cochon fit signe aux singes de continuer à jouer du jazz, pour qu'ils n'embrayent pas sur les musiques contemporaines qu'il avait prévues la veille.

Il s'avança dans sa direction en se tortillant à la manière d'un asticot et se positionna face à elle, reproduisant comme un miroir chacun de ses mouvements. Lorsqu'elle élançait un pied vers l'avant, il faisait de même vers l'arrière avec sa patte opposée. Lorsqu'elle balançait son bassin à gauche, il partait vers la droite. La symbiose était totale, comme s'ils ne formaient qu'un seul être mû par un même cerveau.

Rapidement, une partie des créatures forma un cercle autour d'eux et se mit à les applaudir en rythme. Le binôme était au centre de l'attention. Charlotte accéléra et enchaîna plusieurs variantes. Un temps elle donna des coups de talon dans ses fesses, puis se fit glisser de part et d'autre comme si le sol était recouvert de savon, avant de poursuivre en sautillant. De son côté, le cochon continuait à reproduire chacun de ses mouvements sans la moindre difficulté.

Au terme de trois nouvelles musiques endiablées, Charlotte, un peu essoufflée, finit par rejoindre les autres et libéra la zone centrale. Le lapin blanc et la carpe saisirent l'occasion pour prendre sa place et se mirent à danser autour du cochon, sous des applaudissements nourris qui faisaient pleuvoir des petits gâteaux ensachés sur eux.

Après une trentaine de chansons, la majorité des danseurs commença à montrer des signes de lassitude. Le dragon Toctoc embraya sur une musique plus calme, les singes posèrent leurs trompettes au sol et tout le monde s'installa dans l'herbe.

- Wouah ! C'était génial ! dit le cochon à Charlotte pour relancer la conversation.

- C'était … incroyable … répondit-elle les yeux grands ouverts, encore excitée par ce qu'elle venait de vivre.

- Où as-tu appris à danser aussi bien ?

Son attention s'était fixée sur deux guépards en sarouel qui mangeaient une part de gâteau et la question du cochon s'évapora dans les limbes de son esprit.

- Tu as pris des cours pour savoir danser comme ça ? demanda-t-il de nouveau, sans obtenir davantage de réponse.

La jeune femme était tellement fascinée par toutes ces créatures autour d'elle, qu'elle n'entendait plus les questions du cochon. Ne sachant pas comment retrouver son attention, ce dernier fit un geste discret à Fookabec, qui s'avança immédiatement vers elle avec une assiette posée sur une aile.

- Une part de gâteau mademoiselle ?

- Oh mais avec plaisir, il a l'air délicieux ! répondit-elle d'un air enjoué.

Fookabec posa une cuillère dans son assiette et lui donna l'ensemble en s'abaissant comme s'il faisait une révérence. Charlotte enfourna une première cuillerée dans sa bouche et l'y conserva un moment avant de l'avaler. Plusieurs expressions se succédèrent sur son visage, laissant à penser qu'elle appréciait les goûts qui se dévoilaient à ses papilles. Lorsque tout fut avalé, ses yeux s'écarquillèrent.

- Oh ! Monsieur l'oiseau votre gâteau est très bon, mais je me sens soudain toute légère.

- Je m'appelle Fookabec, dit le coucou, le bec haut.

- C'est agréable n'est-ce pas ? ajouta le cochon. Et ce n'est que le début, poursuivit-il en lui tendant une patte qu'elle attrapa.

Les pieds de Charlotte s'éloignèrent lentement du sol, ce qui lui déclencha de petits rires nerveux. Par réflexe, elle écarta les bras à l'horizontale pour se maintenir droite, mais se mit à osciller comme un pendule.

- Ne regarde pas le sol, contracte les abdos, garde la tête haute et les bras le long du corps, lui conseilla le cochon pour l'aider à se stabiliser.

Charlotte s'exécuta tant bien que mal, toujours agrippée à l'animal qui essayait de limiter ses mouvements anarchiques. Alors qu'elle menaçait de tournoyer sur elle-même, il finit par l'immobiliser en calant son épaule contre la sienne.

- C'est rigolo, mais ça donne un peu le tournis, lui dit-elle amusée.

Sans rien ajouter, il la fit s'élever progressivement dans le ciel. Dès qu'elle prit conscience de la hauteur, son visage pâlit, sa mâchoire se referma et ses petits rires cessèrent.

- Ça commence à faire haut là ! dit-elle d'un ton peu assuré.

Une fois arrivés à une altitude que le cochon jugea suffisante, il lui posa une paire de lunettes sur le nez et se libéra la patte qu'elle avait empoignée. Prise de panique, elle poussa un long cri strident, puis se calma rapidement grâce aux effets du gâteau. Le cochon lui apprit le b.a.-ba du déplacement aérien en lui montrant différents gestes qu'elle reproduisit sans difficulté. Une fois qu'il la jugea autonome, il lui fit signe de le suivre et ils s'élancèrent vers l'Est parisien. Charlotte se mit à planer à bonne vitesse, émerveillée par le paysage qu'elle survolait.

Après avoir parcouru plusieurs kilomètres, le binôme arriva devant l'entrée d'un long bâtiment en pierre de taille beige, délimitée par quatre imposantes colonnes rainurées. Charlotte se posa sans encombre en suivant scrupuleusement la méthode d'atterrissage que lui avait enseignée par le cochon.

- Bienvenue au musée de l'Orangerie ! lui lança l'animal, la voix pleine d'enthousiasme.

Les yeux de Charlotte s'illuminèrent. Elle se trouvait devant l'un des musées qu'elle avait toujours rêvé de visiter. Ils pénétrèrent dans le bâtiment, descendirent un escalier et arrivèrent dans une première salle souterraine. Les murs étaient recouverts de tableaux.

- Dans cette première salle, tu as les tableaux de Modigliani et là, tu peux voir son célèbre portrait d'Antonia.

Ces derniers jours, le cochon avait passé des heures à apprendre l'histoire des œuvres exposées dans ce musée et était devenu incollable sur la vie de leurs auteurs. Il se mit dos au tableau d'Antonia et prit un ton professoral en fixant Charlotte :

- C'est un portrait qui a été peint en 1915 et qui marque le tournant de Modigliani vers l'art africain. A partir de cette période, les visages qu'il représente ressemblent davantage à des masques. Les silhouettes sont étirées et les yeux prennent la forme d'amandes, généralement sans pupille. Il a réalisé de nombreux tableaux de style similaire, comme Madame Pompadour ou la tête rouge, qui évoquent à chaque fois les arts primitifs …

- Je n'aime pas du tout ce type de tableau, coupa Charlotte. Regarde cette pauvre femme, elle a un cou de girafe, un visage surdimensionné, un nez affreux et elle a l'air de loucher. Sans parler de ses mains. On dirait celles d'un yéti ! Je préfère vraiment les peintures plus réalistes, conclut-elle en s'éloignant.

Le cochon resta coi. D'après ses données, c'était de loin l'artiste qu'elle avait le plus consulté sur internet ces derniers temps.

- Je ne peux vraiment plus me le voir, poursuivit-elle. Ça fait des semaines que je fais des recherches sur lui pour mon club de peinture. Il me sort par les yeux. Ses tableaux sont vraiment affreux.

« De quel club parle-t-elle ? » se demanda le cochon. Comment avait-il pu passer à côté de cette information ? Ce club n'avait peut-être aucune existence numérique. Dans ce cas, il n'aurait effectivement jamais pu le connaître. Trop sûr de lui, le cochon n'avait prévu que des peintres de ce style à lui montrer et la panique commença à le gagner. Il devait vite en trouver d'autres pour l'intéresser. Il rattrapa Charlotte, regarda autour de lui et se rabattit sur un autre tableau bien différent.

- Et que penses-tu de cette œuvre d'Henri Rousseau ?

Charlotte posa son regard sur le tableau. Un enfant y était représenté. Il était vêtu d'une robe rouge à pois blancs et tenait une poupée entre les mains. C'était tout du moins l'indication que donnait le titre de l'œuvre, car de poupée elle n'en avait que le nom et d'enfant il n'en n'avait que la taille.

- Mon dieu qu'il est vilain ! C'est encore pire ! s'exclama-t-elle. La poupée ressemble à une quille en bois avec une tête de vieux monsieur. Et l'enfant est presque plus large qu'il n'est grand ! On dirait une grosse boule enveloppée dans une nappe de pique-nique ! C'est si compliqué que ça de représenter la réalité telle qu'elle est ? Je ne pense pas que le modèle avait ces proportions-là … Enfin j'espère pour ce pauvre enfant.

Face à cette nouvelle déconvenue, une goutte de sueur apparut sur le front ridé du cochon, descendit le long de son groin et s'écrasa au sol. Il lui fallait trouver des tableaux plus réalistes. Et rapidement. Il s'engagea dans un couloir et arriva dans une nouvelle salle. Face à lui, un tableau d'André Derain représentait un arlequin et un pierrot.

« Celui-là va lui plaire, j'en suis sûr » se dit le cochon. L'arlequin était vêtu d'une tunique colorée aux motifs rhombiques et tenait une mandoline. Le pierrot arborait son habituel habit blanc à collerette et avait une guitare à la main. Les deux instruments étaient dépourvus de cordes, mais hormis cet étrange détail, la représentation était plutôt réaliste.

- Celui-ci est très beau, dit Charlotte en admirant la finesse des losanges de l'Arlequin. Il aurait pu faire un effort sur les proportions des visages, mais ça me plaît bien ! s'exclama-t-elle.

Soulagé, le cochon lui montra alors d'autres œuvres du même style. Il avait enfin cerné ses goûts et remarqua qu'elle faisait preuve d'un enthousiasme croissant à mesure qu'ils progressaient dans la galerie. Pour terminer en apothéose, il lui montra une huile sur toile d'Edward Hopper qui représentait une femme seule, assise devant une tasse de café. Charlotte semblait fascinée par cette œuvre et resta un long moment à la regarder sans rien dire. Lorsqu'elle finit par s'en détacher, le cochon en profita pour retrouver son attention.

- Maintenant, il faut que je te montre quelque chose d'encore plus extraordinaire ! s'exclama-t-il. Je te préviens, ce n'est pas ce que tu aimes à la base, mais je suis certain que ça te plaira ! ajouta-t-il d'un air confiant qui masquait sa fébrilité.

Dans le parcours qu'il avait prévu initialement, cette œuvre devait clôturer la visite et le cochon ne put se résoudre à ne pas la lui montrer. Ils remontèrent les escaliers, grimpèrent au premier étage et pénétrèrent dans une grande salle blanche aux murs arrondis. D'immenses tableaux y étaient accrochés.

Charlotte s'approcha de l'un d'eux et les regarda d'un air interrogatif.

- Ce sont des nénuphars ?
- Presque ! Ce sont des nymphéas, rectifia le cochon.

- Évidemment ! Les nymphéas de Monnet. Comme je suis bête, je les connais en plus ces tableaux. J'aimerais tant pouvoir venir à Paris et les voir pour de vrai.

Le cochon ne répondit rien. La jeune femme passa le reste de la nuit à contempler ces œuvres aux proportions phénoménales. Comble du luxe, elle put même les toucher et sentir les aspérités de la peinture sous ses doigts. Personne n'était là pour l'en empêcher et elle ne risquait de toute façon pas de les abîmer. Il entendit alors sa montre vibrer, lui fit un bref signe d'au revoir et la vit s'évaporer dans le même nuage rose que la veille. Le cochon était maintenant détendu. Charlotte semblait avoir apprécié cette deuxième nuit dans Tame.

Une lointaine connaissance

Une semaine s'était écoulée. Charlotte venait tout juste de retourner dans le monde réel et le cochon était resté assis dans le jardin du musée Rodin. Pensif, une patte repliée sur le menton, il contemplait la célèbre statue du sculpteur.

Dans les allées, des roses colorées se mêlaient aux hydrangeas blancs et quelques bronzes impassibles regardaient l'horizon. Les arbres du parc étaient tous parfaitement alignés et minutieusement taillés. Pas un seul n'était hors de sa rangée. Pas une branche ne dépassait. Pas une feuille ne jonchait le sol. Tout était tel qu'il devait l'être, parfaitement en ordre. A l'image de l'intégration de Charlotte qui se déroulait à présent à merveille.

Le cochon réfléchissait déjà à l'organisation de sa cérémonie. A ce rythme-là, elle serait bientôt prête à devenir une habitante à part entière de Tame. Si les nuits continuaient à s'enchainer aussi bien, ce n'était déjà plus qu'une question de jours. A l'évocation de ce sujet, son esprit s'égara dans ses souvenirs et il se remémora le jour de sa propre cérémonie.

Cette nuit-là, lorsque Zack lui avait retiré sa montre, il n'avait pas ressenti grand-chose. Une légère appréhension, tout au plus, face à ce saut dans l'inconnu. Ni regrets, ni remords. Il s'était même étonné de la facilité avec laquelle il s'était détaché de tout ce qui avait tant compté pour lui dans sa vie précédente. Sa famille, ses amis, ses passions, même son travail, qu'il avait souvent critiqué mais appréciait en réalité beaucoup. Depuis qu'il avait décidé de rester ici, il n'éprouvait d'ailleurs plus la moindre émotion vis-à-vis de ce monde disparu. Il se rappelait pourtant bien de tout, mais se sentait complètement étranger à cette vie qui semblait avoir appartenu à quelqu'un d'autre. Tout ce qui comptait pour lui était maintenant dans Tame. Chaque jour, il n'avait plus qu'un seul besoin qu'il assouvissait pleinement, celui de s'amuser. Et lorsque Charlotte rejoindrait Tame à son tour, en plus de se voir offrir un important stock de gâteaux des mains de Zack, il pourrait se consacrer pleinement à l'oisiveté. C'était de cette manière qu'était récompensé le succès des intégrations et c'était pour cette raison que le cochon s'y investissait autant. Avec du recul, il trouva que le panda roux avait accompli un excellent travail à son égard et espérait à son tour se montrer à la hauteur de cette mission confiée par Zack.

A l'époque, la fête dantesque qui avait succédé à sa cérémonie était d'ailleurs mémorable. C'était à attribuer au crédit du panda roux, qui avait tout organisé. Après avoir dansé jusqu'au bout de la nuit, il était sorti de la basilique le cœur léger et l'esprit libéré. A ce moment-là, il avait toujours l'apparence d'un jeune homme.

Pour fêter ses premiers instants dans Tame, ses amis l'emmenèrent à la fête foraine des Tuileries. Ils firent des tours de manèges, mangèrent des frites et confectionnèrent eux-mêmes des barbes à papa en plongeant de fins bâtons dans une grosse machine circulaire remplie de sucre. Jusque-là, tout se déroulait comme il l'avait toujours connu, mais aux alentours de midi, une brume rose sortie de nulle part les enveloppa tous.

- Ah tu vas voir, c'est marrant ça ! s'écria le panda roux déjà perdu dans le brouillard.

- Bataille de frites ! cria à son tour le poussin « N », en lançant un cornet qui lui passa sous le nez et disparut aussitôt dans la brume.

Quelques secondes plus tard, le brouillard s'était dissipé et tout le monde était réapparu. Autour d'eux, il remarqua que certains détails du paysage s'étaient légèrement modifiés. De nouvelles fleurs avaient poussé dans les arbres, les wagons d'un manège étaient maintenant à l'opposé de là où ils se trouvaient cinq secondes auparavant, les chaises d'un restaurant avaient toutes changé de place et le cornet de frites lancé par le poussin « N » n'était nulle part au sol.

- Que vient-il de se passer ? demanda-t-il d'un air surpris.

- C'est la réinitialisation du jour, répondit le panda roux. Personne ne sait d'où ça vient, mais lorsque la brume arrive, certaines choses apparaissent et d'autres disparaissent.

- Sauf ce que tu portes sur toi, ajouta le poussin « N » en tapotant sur son chapeau-coquille.

- Souvent il ne s'agit que de menus détails, mais parfois tu peux voir des choses vraiment impressionnantes. Comme des arbres ou des lampadaires qui sortent de nulle part.

- Une fois, j'ai même vu un bâtiment de sept étages prendre la place d'un bout de parc !

Le panda roux leva une patte vers un manège d'auto-tamponneuses

- Tiens regarde, ça par exemple, ce n'était pas là tout à l'heure.

Attirés par la nouveauté, le petit groupe prit le chemin du manège et chacun s'installa dans une voiturette colorée. Le panda roux démarra la machinerie et le ballet commença. Ses amis s'amusaient à lui foncer dessus et il se rappela cet étrange moment où plus il subissait leurs assauts, moins il sentait les chocs. Jusqu'au moment où il ne se rendit même plus compte qu'on lui rentrait dedans. A la fin du manège, il éprouva les plus grandes difficultés à s'extirper de l'habitacle. Son corps avait doublé de volume et certaines coutures de ses vêtements avaient lâché.

Le petit groupe se rendit ensuite sur un stand de chamboule-tout. Dès le premier coup, le panda roux fit tomber les dix conserves sans la moindre difficulté. Lorsque le tour du futur cochon arriva, lui n'en fit pas tomber une seule. Pire, il n'effleura même pas le petit meuble sur lequel était installée la pyramide. Sa maladresse fit beaucoup rire ses amis, mais ce n'était pas sa faute. Sa main droite s'était changée en une espèce de gros sabot rosé et il ne savait pas encore comment s'en servir. A ce moment-là, il comprit qu'il était en train de se transformer en cochon.

Autour de lui, le vent soufflait dans les branchages et de puissantes odeurs fleuries arrivèrent à ses narines. Il se toucha le nez, ce n'en était plus un. Il s'était arrondi, aplati et considérablement épaté. Le petit groupe s'installa alors dans un parc pour déjeuner. Le poussin « N » lui servit un bout de quiche qu'il engloutit d'une traite, l'assiette et les couverts en plastique avec. Le panda roux sortit alors une bouteille de vin et lui lança, en regardant ostensiblement son pantalon troué par une fine queue vrillée :

- Tu nous l'ouvres ?

Tout le monde avait alors beaucoup ri et à la fin de cette journée, sa transformation en cochon s'était achevée.

« Je me demande bien à quel animal ressemblera Charlotte », pensa-t-il en revenant au moment présent. Il se leva, fit un petit tour du parc pour se dégourdir les pattes, puis s'envola vers le Sacré-Cœur. Il avait rendez-vous avec Zack.

Comme à son habitude, il grimpa l'escalier en colimaçon, toqua à la porte et attendit un instant.

- Entre ! entendit-il au bout de quelques minutes.

Le cochon ouvrit la porte et pénétra dans le bureau. Zack se tenait de dos. Il regardait une courbe en forte croissance sur un écran géant.

- 58% de bonheur ! lança-t-il sans se retourner. C'est vraiment pas mal. Regarde-moi cette évolution, elle gagne près d'un point par nuit depuis qu'elle est arrivée !

Le cochon rougit. Il était flatté.

- Et en parallèle, son niveau de bonheur dans la réalité s'érode, ajouta Zack en faisant apparaître une deuxième courbe en décroissance superposée à la première. C'était vraiment une très bonne idée de lui avoir fait visiter ces musées.

- Merci Zack. J'ai bon espoir que les courbes se croisent d'ici la fin du mois. Et à ce moment-là, nous pourrons organiser sa cérémonie.

- Ouh là non, ne va pas trop vite en besogne ! Il ne suffit pas qu'elle soit légèrement plus heureuse ici pour qu'elle se décide à rester avec nous. La résistance au changement et la peur de l'inconnu pèsent énormément dans la balance.

- Je ne suis pas sûr de comprendre, dit timidement le cochon.

Zack se retourna vers lui, tout sourire et posa ses bras en équerre sur son bureau. Il avait retrouvé son air bienveillant et prit un ton professoral.

- Que choisirais-tu si je te proposais, soit la certitude d'avoir une part de gâteau, soit la probabilité, disons d'une chance sur deux, d'en avoir quatre ?

- La part de gâteau garantie, répondit le cochon après un court moment de réflexion.

- C'est ça, comme tout le monde. Et ce point est fondamental. Retiens bien ce que je vais te dire. Il faut toujours offrir à quelqu'un un gain nettement supérieur à ce qu'il peut obtenir sans risque, pour qu'il choisisse d'emprunter une voie incertaine. Si tu veux que Charlotte abandonne la réalité, la promesse de Tame doit donc être nettement supérieure à ce que lui offre sa vie actuelle, car le changement qu'on lui propose représente un risque qu'il lui est difficile à mesurer. En d'autres termes, il faut que le jeu en vaille la chandelle !

Zack dézooma fit le tour de son bureau et s'approcha du cochon.

- C'est pour ça qu'il ne faut pas se satisfaire de croiser les courbes. Il est nécessaire qu'elle se sente nettement plus heureuse ici que dans la réalité. D'après mes analyses, il faudrait que tu lui permettes d'atteindre au moins 75% de bonheur dans Tame pour qu'elle se décide à quitter le monde réel.

Cette nouvelle donnée doucha les espoirs du cochon, qui se voyait déjà profiter tranquillement de sa montagne de gâteaux. Il avait encore du pain sur la planche. Le cochon acquiesça poliment, s'assit sur une chaise face à un petit écran et ouvrit différentes fenêtres pour ajuster son plan en conséquence. Les musées avaient bien fonctionné jusque-là, mais ils ne suffiraient pas à atteindre le nouvel objectif fixé par Zack. Comme il le constatait sur les courbes, leur efficacité s'atténuait jour après jour et atteindrait bientôt un palier. Il fallait trouver autre chose. Quelque chose de grand, d'excitant, d'inoubliable, comme lorsqu'on l'avait envoyé lui, récupérer de la bave du dragon Toctoc.

Quel naïf il avait fait ce jour-là ! Comment avait-il pu croire une seconde à cette mission inventée de toutes pièces. De la même manière qu'il avait stimulé Charlotte avec ses visites de musées, il ne s'agissait que d'un subterfuge visant à reproduire l'excitation de ses jeux vidéo. Le scénario avait été imaginé par le panda roux et collait parfaitement à l'imaginaire médiéval fantastique qui lui plaisait à l'époque. Fookabec lui avait d'ailleurs avoué, bien plus tard, que la salive du dragon Toctoc n'était même pas un ingrédient dans la recette du gâteau.

Mais le cochon avait beau se creuser les méninges, il ne parvenait pas à trouver de nouvelles activités pour Charlotte. La présence de Zack le rendait anxieux et bridait sa créativité. Il quitta alors la basilique et partit se balader pour se changer les idées.

Volontairement perdu dans de petites ruelles, flânant le groin en l'air, il laissait libre cours à son imagination.

Son regard accrochait tout ce qui lui était agréable. La corniche d'un balcon, les feuilles d'un platane bercées par le vent, la devanture en bois d'une cordonnerie, des plumes colorées qui s'agitaient dans une boutique de vêtements.

« Des plumes colorées ? Fookabec ? Peut-être pourra-t-il m'aider à trouver une activité pour Charlotte ! » se dit-il plein d'enthousiasme.

Mais en regardant de plus près la baie vitrée, le cochon réalisa bien vite qu'il ne s'agissait pas du plumage de Fookabec. Qui était-ce alors ? Une autruche ? Non plus. Les plumes semblaient provenir d'un chapeau.

L'inconnu était entièrement dissimulé derrière un rayon de vêtements. Le cochon se décala sur la droite pour changer de perspective et colla son groin à la vitre. Il n'en croyait pas ses yeux. Face à lui, se tenait une silhouette qu'il avait oubliée depuis bien longtemps. C'était la femme qu'il avait rencontrée lors de sa première nuit dans Tame. Elle était absorbée par une étoffe qui glissait entre ses doigts et n'avait pas remarqué sa présence.

Chaque détail de leur rencontre lui revint à l'esprit. Son panier en osier, sa robe échancrée, ses petites ballerines et surtout, la profondeur de son regard qui lui avait fait perdre ses moyens. Les plumes de son chapeau avaient changé, plus longues, plus larges et de couleurs plus discrètes, mais elle était toujours aussi belle. Sa robe aussi était différente. Le dos s'était rhabillé, le bassin élargi et la taille resserrée. Les épaules s'étaient affinées et le rouge avait laissé place à du vert olive.

Le cochon avait abandonné l'idée de la revoir depuis bien longtemps. Pourtant, elle était bien là, à quelques mètres de lui. Cette fois, il était hors de question qu'il la laisse s'échapper sans lui parler. Il s'approcha de la porte d'entrée du magasin à pas feutrés, l'ouvrit avec une infinie précaution et la referma derrière lui. Son corps gras obstruait le passage et rendait toute sortie impossible. Il s'avança dans le rayon où elle se trouvait et lui adressa un dynamique « bonjour », qui la fit sursauter. La jeune femme tourna la tête dans sa direction, fixa ses petits yeux porcins et s'enfuit immédiatement dans la direction opposée. Le cochon, surpris par sa réaction, s'élança après elle en lui criant de revenir, mais les allées étroites du magasin prévues pour des humains, rendaient ses déplacements difficiles. Il avançait de guingois en rentrant son ventre bedonnant et, à peine était-il parvenu au bout d'un rayon, que la femme s'était déjà engagée dans un autre. Chaque rangée dans laquelle il s'engouffrait tremblait sur son passage et finissait inexorablement par s'écrouler lorsqu'il en ressortait. Lorsqu'il finit par s'extraire du dernier rayon encore debout, il eut à peine le temps de la voir disparaître dans une autre pièce de la boutique. Il reprit sa course-poursuite, mais à chaque fois qu'il croyait la tenir, elle s'échappait de nouveau en pénétrant dans une nouvelle salle. Le magasin était immense. Chaque pièce semblait déboucher sur de nouveaux espaces qui communiquaient entre eux, créant une sorte de dédale infini dans lequel ils auraient pu jouer au chat et à la souris pendant des heures.

Le cochon suait à grosses gouttes et les battements de son cœur remontaient jusque dans ses tempes. Après avoir traversé une demi-douzaine de salles, la femme finit par disparaître derrière une porte à battants sur laquelle était inscrit « arrière-boutique ». Cette fois-ci, il la tenait. La réserve se trouvait à l'extrémité du magasin et semblait complètement isolée des autres pièces. Il franchit à son tour la petite porte et découvrit d'innombrables piles de cartons qui s'amoncelaient du sol au plafond. L'entrepôt mesurait bien dix mètres de hauteur et cent mètres de profondeur. Au centre, un passage unique débouchait sur un grand rideau roulant fermé. Le cochon s'avança et fit tomber plusieurs cartons derrière lui pour condamner le passage.

- Tu ne peux plus sortir ! cria-t-il pour la ramener à la raison. Tu vas devoir me parler maintenant !

Il avançait avec prudence en scrutant chaque recoin. Il ne la voyait pas, mais ses possibilités d'échappatoire se réduisaient comme peau de chagrin à mesure qu'il progressait.

- Tu ferais mieux de sortir de ta cachette, je vais forcément te trouver, cria-t-il une nouvelle fois.

Sa forte corpulence lui donnait l'ascendant physique, mais il restait sur ses gardes. Il craignait que, par désespoir, elle n'use de violence à son encontre. Alors qu'il approchait de la dernière rangée de cartons, une petite porte grande ouverte sur la rue apparut devant lui. Dépité, le cochon se précipita à l'extérieur et aperçut, in extremis, un bout de robe disparaître au loin. L'inconnue s'était une fois de plus échappée. Libéré de l'exiguïté du magasin, il se mit à quatre pattes et fonça à toute allure pour la rattraper. Elle courait devant lui en maintenant son chapeau d'une main pour qu'il ne s'envole pas. Depuis qu'il s'était transformé en cochon, il se déplaçait presque deux fois plus vite qu'un être humain et regagna rapidement du terrain sur la fugitive. Sans s'en rendre compte, il émettait même de bruyants grognements qui semblaient l'effrayer encore davantage. La femme s'engouffra dans une nouvelle ruelle et, lorsqu'il arriva à son tour, il réalisa qu'il s'agissait d'une impasse. Le cochon se positionna entre une voiture garée et le mur d'un immeuble. Le seul passage qui lui aurait permis de s'échapper était à présent obstrué. Il la fixait, sans bouger, craignant un instant qu'elle ne s'envole, mais comme elle n'en fit rien, il en déduisit qu'elle n'avait fort heureusement pas dû manger de gâteau. Cette fois-ci, il la tenait pour de bon.

- Que me veux-tu ? hurla la femme, le dos collé à un mur.

Le cochon leva les pattes en signe d'apaisement.

- Je veux juste te parler. Qui es-tu ? Pourquoi t'enfuis-tu ?

- Et en quoi ça te concerne ? répondit-elle sur un ton agressif.

Son visage rougi trahissait une importante nervosité. Elle n'arrêtait pas de regarder autour d'elle, comme si elle cherchait un nouveau moyen de se dérober.

- C'est juste très étrange. Je ne t'ai jamais revue depuis le supermarché. Comme si tu te cachais.

Son interlocutrice était mutique. Elle le dévisageait d'un air pensif, le sourcil haut et les lèvres pincées.

- Tu t'en rappelles n'est-ce pas ? poursuivit-il. Tu avais une robe rouge, un grand chapeau à plumes colorées et tu tenais un panier en osier. Avec une bouteille de champagne et une baguette de pain. On a échangé quelques mots puis tu es partie précipitamment.

La femme hocha la tête de gauche à droite pour toute réponse et commença à jeter des coups d'œil à la voiture.

« Elle pourrait s'enfuir en grimpant sur le toit » se dit le cochon. Il regarda à son tour le véhicule et tomba nez à nez avec son propre reflet dans l'une des vitres

- Oh mais c'est vrai que je ne ressemblais pas à ça à l'époque, s'exclama-t-il. Je n'étais pas un cochon ! J'étais un jeune homme, cheveux noirs et bouclés, la peau claire.

L'attention de la femme se porta de nouveau sur lui.

- Lorsqu'on s'est rencontrés, je venais de me réveiller ici pour la première fois, poursuivit-il. J'étais complètement déboussolé. Je t'ai demandé l'heure. Tu m'as répondu, puis tu t'es enfuie.

- Non mais c'est pas vrai ! S'écria-t-elle.

Au même moment, plusieurs voix se firent entendre au loin.

- Viens avec moi, lui lança-t-elle, on ne peut pas rester ici.

- Attention, si c'est encore une ruse …

- Je te promets que ce n'en est pas une. Suis-moi et on pourra discuter tranquillement. Il ne faut surtout pas que d'autres personnes me voient ici.

Le cochon était perplexe. La situation lui paraissait absurde. Elle n'avait aucune raison de se cacher de qui que ce soit et pourtant elle paraissait sincèrement effrayée. Sans attendre sa réponse, la jeune femme s'élança dans sa direction. Pris de court, le cochon contracta ses muscles pour encaisser le choc, mais elle changea de trajectoire au dernier moment et grimpa habilement sur le toit comme il l'avait pressenti. Le cochon se retourna aussi vite que possible pour l'empêcher de descendre de l'autre côté, mais elle avait déjà sauté au sol. Il n'en pouvait plus de se faire berner à chaque fois. Il était beaucoup trop lent. Son gabarit le desservait bien plus qu'il ne l'avantageait. Dès qu'il l'aurait une nouvelle fois à sa merci, il se promit de la plaquer au sol, quitte à lui briser quelques os.

Il se précipita de nouveau après elle et n'eut cette fois-ci pas à aller bien loin. La femme s'était engouffrée dans une bouche d'égout. Le cochon y pénétra à son tour et descendit l'échelle avec difficulté, en aplatissant tant bien que mal ses encombrants bourrelets.

Une fois arrivé en bas, seul un vieux néon éclairait la pièce par intermittence. Autour de lui, les murs sombres se rejoignaient en leur sommet et formaient une voute assez basse. Le cochon se trouvait dans un tunnel dont l'extrémité était dissimulée par une noirceur crasse, enveloppé dans une humidité pesante qui faisait perler de grosses gouttes du plafond. A quelques mètres devant lui, la femme le toisait du regard, confortablement installée dans un vieux fauteuil en velours rouge mité, derrière une porte grillagée fermée. Les jambes croisées, elle tirait sur un fume-cigarette qui dégageait une épaisse fumée, face à un canal verdâtre qui traversait le tunnel de part et d'autre. Le cochon s'approcha de la porte pour l'ouvrir. Elle était verrouillée.

- Tu m'as mise dans de beaux draps, lui lança-t-elle.

- Comment ça ? lui répondit-il d'un ton surpris.

- Le jour où on s'est rencontrés. Lorsque tu m'as couru après. J'ai bien failli me faire prendre par ta faute.

- Mais de quoi parles-tu ? Prendre par qui ? Qui essaies-tu de fuir ? La première chose à faire si on rencontre un problème, c'est d'en parler à Zack, répondit le cochon en récitant scrupuleusement ce qu'on lui avait appris.

La femme rigola entre deux bouffées de cigarette et manqua de s'étouffer.

- Je ne sais pas s'il est bien utile que je te réponde. Tu ne comprendrais pas.

- Tant de mystères ! se désola le cochon d'un ton plaintif. Explique-moi !

Elle soupira ostensiblement.

- J'y ai songé un instant, mais plus j'y pense, plus je me dis que ça ne servirait à rien.

- S'il te plaît, gémit le cochon.

La femme sembla hésiter.

- Reviens ici demain à la même heure et je te montrerai. Mais surtout, ne ramène personne avec toi et ne parle pas de moi à tes petits amis. Sinon tu ne me reverras plus.

Elle se leva de son fauteuil, sortit le mégot de son socle et le jeta dans l'eau du canal qui l'emporta.

- Et pour information, je m'appelle Pascaline, dit-elle en disparaissant dans la noirceur du fond de la pièce.

Le cochon lui cria de revenir, mais elle ne réapparut pas. Il chercha autour de lui un moyen de contourner le grillage, mais n'en trouva aucun. Sa longue course-poursuite s'arrêtait là. Dépité, il remonta à la surface et retourna auprès de ses camarades, sans leur dire mot de cette rencontre.

L'égout du dégout

Quelques heures plus tard, Charlotte réapparut devant la tour Eiffel. Après que Pascaline se soit enfuie, le cochon s'était remis à chercher une activité pour Charlotte. Et il avait fini par avoir une idée. Cette nuit-là, il l'emmena dans un somptueux restaurant étoilé place des Vosges. Le lieu seul, composé de salles feutrées dans un décor suranné, bien que parsemé de touches contemporaines, suffisait déjà à l'émerveiller. Des luminaires modernes pendaient au plafond et de grands miroirs futuristes contrastaient avec l'intérieur chargé en moulures et cheminées d'époque.

Le cochon fit assoir Charlotte à une table nappée de blanc, lui donna un gâteau miniature pour exacerber sa sensibilité gustative et lui apporta un chariot débordant de mets encore fumants. Charlotte ne savait plus où donner de la tête. Chacun d'eux était une œuvre d'art qui la faisait saliver d'avance. Elle commença par déguster un melba de coquilles Saint-Jacques fourrées au caviar, puis enchaina sur une feuillantine de langoustines sauce curry, saupoudrée de graines de sésame. Une fois ses deux premiers plats terminés, elle dévora une fricassée de homard aux châtaignes, puis quitta le registre de la mer et jeta son dévolu sur une volaille rôtie au beurre, avant de s'attaquer à un pigeon confit aux baies de genièvre.

- Je n'ai jamais rien mangé d'aussi bon de toute ma vie ! confia-t-elle au cochon.

Ce qui aurait déjà amplement rassasié Charlotte dans la réalité ne pouvant ici remplir son rôle, elle passa le reste de la nuit à engloutir tout ce qu'elle voyait. Le plaisir qu'elle éprouvait se lisait sur son visage et le cochon en était si content qu'il en oublia Pascaline. Galvanisé par cette réussite, une multitude de nouvelles idées émergea dans son esprit.

Il poursuivit son travail d'intégration dès le lendemain en emmenant Charlotte sur une patinoire géante dans la nef du Grand Palais. La nuit suivante, il prit le gouvernail d'un bateau-mouche et remonta la Seine pour lui montrer les principaux monuments de la capitale sous un angle qui lui était encore inédit. Celles d'après, il lui fit découvrir les différents lieux emblématiques de Tame. Ils se baladèrent dans les ruelles végétales qui menaient à la tanière du dragon Toctoc, se prélassèrent près du pont de l'Alma et assistèrent à des concerts au parc près du Bon Marché. Le cochon l'initia même à l'art de la céramique.

Les semaines passèrent et Charlotte finit par accepter l'existence de Tame. Chaque nuit, elle y retrouvait le cochon pour vivre des moments toujours plus extraordinaires, faisant montre d'un attachement croissant envers ce monde qui l'enlevait à son quotidien. De son côté, le cochon s'était fait avoir à son propre jeu. En passant du temps avec elle pour l'amuser, il avait fini par en tomber amoureux, aux dépens de la sirène qu'il avait complètement délaissée. La créature mi-femme mi-poisson ne s'en était toutefois pas émue très longtemps. Tout au plus mangea-t-elle davantage de gâteaux qu'à l'accoutumée. Quelques jours plus tard, elle avait déjà retrouvé du réconfort dans les ailes duveteuses du poussin « W ».

Pour tester la réciprocité de ses sentiments, le cochon emmena Charlotte dans l'une des huttes d'amour en forme de champignon. Lorsqu'elle y pénétra, sa réaction fut similaire à la sienne la première fois qu'il s'y était rendu avec la sirène. La lumière s'éteignit et les traits du cochon laissèrent place au charmant jeune homme qu'il avait été auparavant. Les pommettes de Charlotte teintées de rouge trahissaient sa gêne. Face à elle, le garçon flottait dans des vêtements trop larges pour son corps d'humain et son beau visage lui apparut pour la première fois. Les boucles emberlificotées de ses cheveux ébène tombaient sur ses sourcils, ses yeux bruns perçants la fixaient à travers la lumière tamisée et ses fines lèvres sous son nez en trompette n'avaient plus rien à voir avec l'imposant groin et les épaisses babines auxquels elle s'était habituée. Un peu plus bas, son cou musclé et le haut de son torse velu dépassaient du costume devenu trop large, lui donnant un aperçu de son corps d'Apollon. Il lui prit les mains et elle sentit pour la première fois le contact de sa peau, si douce et si éloignée du rêche épiderme porcin qu'elle connaissait. Il s'approcha doucement d'elle et posa brièvement ses lèvres sur les siennes. Elle s'avança à son tour et l'embrassa plus longuement. Ils passèrent le reste de la nuit ensemble et Charlotte, qui jusque-là n'avait éprouvé que de l'affection pour le cochon, commença, elle aussi, à développer des sentiments envers lui.

La visite d'une hutte d'amour ne faisait pas partie des étapes obligatoires de la méthode d'intégration, mais elle était toutefois bien mentionnée dans le protocole de Zack comme une option facilitatrice à laquelle on pouvait recourir. En l'occurrence, le cochon n'avait pas agi par intérêt. Il avait simplement écouté son cœur. Ce qui n'empêcha pas Zack de le féliciter chaudement, dès qu'il remarqua l'augmentation du niveau de bonheur de Charlotte sur ses écrans.

Il ne manquait à présent plus grand-chose à Charlotte pour franchir le pas et le cochon décida qu'il s'agissait du bon moment pour faire intervenir le panda roux. Charlotte avait déjà entendu de nombreuses créatures raconter leur histoire, mais ne connaissait pas encore celle du petit mammifère orange. Au milieu de plusieurs créatures regroupées dans le parc près du Bon Marché, le panda roux déroula alors sa partition sous le regard attentif de Charlotte.

- Pour comprendre qui j'étais au moment de rejoindre Tame, il faut remonter à mon enfance, commença-t-il d'une voix grave et ponctuée de silences, à la manière d'un conteur.

L'assemblée était pendue à ses lèvres.

- A cet âge-là, je projetais sur ma vie un futur grandiose. J'étais persuadé que ma vie d'adulte serait incroyable. Je pensais que j'aurais un métier important, que je parcourrais le monde, que je construirais de grandes choses. J'avais encore cette naïveté propre à l'enfance, qui ne connaît que les limites de l'imagination. Pour autant, j'avais un raisonnement tout à fait logique. Chaque jour, je voyais de jeunes adultes étaler leurs vies parfaites sur les réseaux sociaux. Ils semblaient passer leur vie en vacances, avoir de l'argent à ne plus savoir qu'en faire, s'amuser à longueur de journée, entourés d'amis aussi drôles que talentueux. Leurs vies me faisaient rêver et je ne pouvais concevoir que la mienne en soit différente. Si eux y étaient parvenus, qu'est-ce qui m'en empêcherait ?

Le panda roux avala un bout de gâteau et poursuivit.

- Malheureusement, une fois arrivé à la fin de mon adolescence, la dure réalité s'imposa à moi. Je n'avais pas les moyens de me payer des études supérieures et suis donc rentré dans la vie active. J'ai commencé par de petits boulots précaires, puis j'ai fini par devenir chauffeur de bus. Dans les années qui suivirent, je me suis marié, j'ai eu trois beaux enfants et j'ai continué à vivre ma petite vie, loin de mes ambitions passées. Mon quotidien n'avait rien de très passionnant, mais j'étais plutôt heureux. Ou tout du moins pas malheureux.

- Alors qu'est-ce qui t'a poussé à tout abandonner ? demanda Charlotte d'une voix douce.

- Ah ! Bonne question. C'est quelque chose que j'ai toujours eu bien du mal à expliquer. Cela faisait un petit mois que je me réveillais ici chaque nuit et, un beau matin, une triste pensée traversa mon esprit. Je me rendais à mon travail et me fis la réflexion que cette journée serait identique à celle de la veille. Identique à celles du mois précédent. Identique à celles de l'année précédente. Identique à celles de la décennie précédente …

Le panda roux marqua un court silence et soupira.

- Et encore pire que ça, identique à toutes les journées à venir. A ce moment-là, j'ai ressenti comme une sorte de vertige. J'ai arrêté ma voiture sur le bas-côté et je me suis perdu une heure entière dans des pensées métaphysiques. A quoi bon, s'il ne s'agit que de reproduire la même chose jusqu'à ma mort ? Comment m'étais-je à ce point éloigné de mes ambitions d'enfant ?

- Pourtant ici aussi tu répètes chaque jour les mêmes actions, dit Charlotte. Je te vois chaque nuit fréquenter les mêmes lieux, participer aux mêmes activités, discuter avec les mêmes personnes, …

- C'est complètement différent, coupa le panda roux. Premièrement, ici, c'est moi qui choisis mon quotidien. Je décide des activités que je veux faire, des personnes auxquelles je veux parler. Quand je conduisais mon bus, mes horaires m'étaient imposés, mon trajet était défini à l'avance et mes interactions étaient entièrement prévisibles. Deuxièmement, ici, même en reproduisant souvent les mêmes choses, le poids de la routine est bien moins oppressant, car tout n'est qu'amusement. Je n'ai ni problèmes, ni obligations et tout le monde est adorable. Troisièmement, je ne pense tout simplement pas à ça. Le gâteau de Fookabec éloigne tout questionnement de mon esprit et ça fait toute la différence. Je n'ai plus aucune pensée négative ou réflexion existentielle comme celles qui m'ont tourmenté à l'époque.

Le panda roux faisait encore une fois du bon travail. Il répondait à la perfection aux questions de Charlotte et instillait la graine du doute dans son esprit. Sa réflexion était universelle. Tame valait mieux que n'importe quelle réalité, répétitive et moins stimulante par nature.

Satisfait de la tournure prise par leur conversation, le cochon s'éloigna du petit groupe. Le panda roux n'avait pas besoin de lui pour achever de convaincre Charlotte. Il se rendit près d'un étang et s'installa dans un transat. S'il en avait été capable, nul doute qu'il s'y serait endormi en quelques secondes. Les yeux fermés, il savourait les rayons du ciel rose qui lui chauffaient la peau, tout en se léchant les babines dès qu'un pollen sucré aéroporté s'y posait.

Seuls le vent dans les feuillages et les clapotis de l'étang venaient rompre l'absolue quiétude qui l'entourait, jusqu'au moment où il entendit quelqu'un approcher dans son dos. Il ne bougea pas, attendant que l'inconnu arrive dans son champ de vision, mais ce moment n'arriva jamais. A la place, il ressentit un violent coup s'abattre sur son crâne et perdit connaissance.

Lorsqu'il rouvrit les yeux, une forte lumière irrégulière l'éblouissait. Le cochon était toujours assis, mais ne se trouvait plus sur son transat. Il était avachi dans un fauteuil, les pieds écartés et les pattes avant ballantes. Un filet de bave coulait sur sa poitrine et une douloureuse bosse s'était formée sur son front. Il abaissa le regard vers le sol pour se protéger de la luminosité, se demandant qui avait bien pu lui faire cette mauvaise blague, et aperçut une plaque de métal sombre. La végétation avait disparu. Il mit une patte devant les yeux, regarda sur quoi il était assis et reconnut le fauteuil rouge mité dans lequel il avait vu Pascaline pour la dernière fois.

En observant autour de lui, il se rendit compte qu'il était de nouveau dans l'égout, mais cette fois-ci de l'autre côté du grillage. Il se releva lourdement, encore groggy, et s'approcha de la porte grillagée qui le séparait de l'échelle. Il tenta plusieurs fois de l'ouvrir, mais elle était fermée à clé. Le cochon fit demi-tour et s'engagea dans la pénombre qui avait vu disparaître Pascaline quelques semaines plus tôt. A sa grande surprise, il ne put avancer bien loin. Le fond de la salle était muré et ne présentait aucune issue apparente. Il longea les murs avec ses pattes dans l'espoir de déclencher un quelconque mécanisme, mais ne parvint qu'à se noircir les sabots.

« Mais par où est-elle donc partie la dernière fois ? » se demanda-t-il. Agacé, il revint près du fauteuil et tenta de nouveau d'ouvrir la porte en lui donnant de grands coups d'épaule. Mais malgré ses assauts répétés, elle ne céda pas. Le cochon était de plus en plus irrité.

Il se mit à tâter les murs de l'espace éclairé à la recherche d'une issue, puis inspecta le sol. Après avoir fait plusieurs fois le tour de la pièce, ses espoirs se portèrent alors sur le plafond. Il se servit du fauteuil comme d'un escabeau et poursuivit ses investigations en y donnant de grands coups de pattes, sans obtenir davantage de résultat. Son regard se

après s'être époumoné pendant des heures, il se rendit à l'évidence. Personne ne viendrait. Il posa alors ses fesses dans le fauteuil et se décida à attendre Pascaline. Si elle respectait ce qu'elle avait écrit, elle serait là d'ici deux jours. En y réfléchissant, ce n'était quand même pas si long. Juste un mauvais moment à passer. Sans autre distraction que l'observation de son environnement, le cochon se mit à balader son regard sur le décor hideux duquel il était prisonnier.

Les murs étaient en partie recouverts d'une mousse verdâtre qui suintait un liquide sombre, sur laquelle s'étaient développées des poches de moisissures blanches et velues. Au plafond, des gouttes tombaient au sol avec une inquiétante régularité, comme si chaque seconde qui le séparait de sa libération faisait l'objet d'un décompte. Le néon capricieux éclairait toujours l'espace par intermittence, sans toutefois jamais s'éteindre complètement, et le courant du canal continuait de charrier une eau croupie à l'odeur nauséabonde. En dehors de ces éléments, le reste de la pièce demeurait inanimé. Seules les gouttes d'eau rompaient le silence, seul le néon perturbait l'obscurité et seul le canal animait ce décor autrement figé.

« Deux jours, ce n'est pas si long » se répéta le cochon pour se rassurer. Mais l'absence de toute distraction en dehors de ces trois phénomènes sans intérêt pesait chaque seconde davantage sur son moral. La perspective de devoir passer tout ce temps à attendre sans activité commençait à l'angoisser. Il décomptait les gouttes qui s'écrasaient au sol et accrochait du regard le moindre débris qui faisait irruption à l'entrée du canal. Rapidement, il perdit la notion du temps. Était-il là depuis une heure ? Deux heures ? Six heures ? Affalé dans son fauteuil, son énergie le quittait et son attention s'égara aux confins de sa mémoire. Les moments agréables passés avec Charlotte remontèrent en premier à son esprit. Qu'allait-il d'ailleurs se passer si elle restait seule deux nuits entières ? Qui se chargerait de la divertir ? Pascaline mettait sa mission en péril.

Il voulut s'énerver de nouveau, mais ses forces lui faisaient défaut et il se plongea encore davantage dans ses souvenirs, faisant le tour de tout ce qui l'animait au quotidien, ses amis, ses ateliers de céramique, ses jeux et, de manière générale, l'infinité de divertissements auxquels il participait. Ses souvenirs défilèrent du plus récent au plus ancien et il passa en revue chaque semaine jusqu'au jour de son arrivée dans Tame.

Les heures s'égrenaient lentement. Pour la première fois depuis bien longtemps, le cochon repensa à sa vie précédente, sa famille, ses amis, ses loisirs, son travail. Tout remontait à la surface à la faveur de l'ennui qui s'était emparé de lui. Sans s'en rendre compte, quelques larmes coulèrent sur ses grosses joues. Ses vieux souvenirs l'occupèrent encore un temps, jusqu'à ce qu'il en fasse également le tour et qu'un puissant sentiment d'inanité s'installe en lui. Qu'avait-il accompli depuis son arrivée dans Tame ? Quel but poursuivait-il au-delà de l'intégration de Charlotte ? Que ferait-il lorsqu'il aurait accompli sa mission ? Allait-il réellement passer toutes ses journées à s'amuser ? Avec pour seule et unique perspective que celle de se divertir ? Plus il réfléchissait, plus il se sentait mal. Il aurait voulu balayer ces idées de son esprit, mais penser était la seule activité qui s'offrait à lui dans ce sinistre égout. En temps normal, les gâteaux et ses activités quotidiennes le mettaient à l'abri de la moindre introspection. Mais là, privé de tout, il se retrouvait face à lui-même sans aucune échappatoire.

Près du grillage, il aperçut un détail qui lui avait jusque-là échappé. Un enchevêtrement de tuyaux, qui semblaient avoir été construits sans logique, occupait un petit bout de mur. Pour s'occuper, le cochon se mit à les suivre des yeux, comme un enfant qui cherche la sortie d'un labyrinthe sur une boite de céréales. Certains débouchaient dans le vide quand d'autres se ramifiaient pour se retrouver un peu plus loin et, à force de les observer, le cochon se mit à les voir onduler.

« C'est de l'art contemporain » se dit-t-il, de plus en plus hagard. En réalité, les tuyaux étaient aussi immobiles que le reste de l'égout. C'était la vue du cochon qui commençait à se brouiller. A ses yeux, la pièce s'était transformée en un gigantesque tableau impressionniste dans lequel s'agitaient des fils de lumière étincelante. Prostré dans le fauteuil, un froid glacial s'empara de tout son corps et une irrésistible envie de gâteau le gagna. Depuis combien de temps n'en avait-il pas mangé d'ailleurs ? Cette idée prit toute la place dans son esprit. Il lui en fallait. C'était vital. Il savait qu'un bout de gâteau calmerait ses angoisses. Son corps se mit à trembler, comme pour lui en réclamer à son tour. Peu à peu, cette envie se transforma en besoin. De grosses gouttes, plus épaisses que celles des murs, commençaient à tomber de son crâne et le cochon ne parvint bientôt plus à ouvrir les yeux. La lumière du néon était trop forte et agressait ses rétines. Ses angoisses existentielles se doublaient peu à peu de douleurs physiques. Le cochon avait surestimé sa capacité à tenir deux jours et ne voulait plus rester une minute de plus dans cet endroit lugubre qui le consumait de l'intérieur. La fièvre le gagnait, il avait chaud, puis froid, puis les deux en même temps. La folie l'embrassait. Il n'arrivait plus à réfléchir de manière raisonnée. En regardant le canal une nouvelle fois, il décida de s'y jeter. Ses souffrances ne faisaient que s'intensifier et devenaient insoutenables. Il devait tenter le coup, quitte à se noyer.

Il se souleva péniblement de son fauteuil avec ses pattes avant pour se mettre debout. Ses jambes tremblotantes le soutenaient à peine. Il avança une patte, perdit l'équilibre et s'étala de tout son long sur le sol. Son visage, aplati contre la plateforme humide, transpirait plus abondamment que jamais. Il tenta une dernière fois de se redresser, mais parvint à peine à bouger et perdit connaissance.

Amère réalité

Lorsque le cochon reprit ses esprits, la douleur et son sentiment de mal-être n'avaient pas disparu. Bien au contraire, ils s'étaient même amplifiés. Il entrouvrit les yeux et ne vit qu'un tourbillon de couleurs autour de lui.

- Comment te sens-tu ? entendit-il d'une voix lointaine qu'il reconnut immédiatement.
C'était Pascaline.

- Que m'arrive-t-il ? murmura-t-il du bout des lèvres.

- Je sais que c'est désagréable, mais il fallait que tu en passes par-là, lui répondit-elle d'un ton compatissant.

La souffrance du cochon était si forte qu'il avait l'impression qu'on lui perforait le crâne, l'estomac et le dos en même temps. Comment était-elle parvenue à le plonger dans un tel état ? La colère montait de nouveau en lui, mais il restait au sol, immobile, bien incapable de bouger quoi que ce soit. Il aurait voulu se jeter sur cette femme qui lui causait tant de douleurs, lui arracher la tête et taper dedans comme dans un ballon, puis piétiner son corps et se précipiter à l'extérieur pour engloutir une part de gâteau. En visualisant la pâtisserie dans son esprit, l'idée d'en manger redevint immédiatement une obsession. Il n'avait plus que cette image en tête. Il devait s'en procurer à tout prix.

Par alternance, le cochon replongeait dans les abimes de son inconscient et, à force de naviguer entre phases de sommeil et périodes de réveil, il perdit définitivement toute notion du temps. Il aurait pu être là depuis une heure comme une semaine. De la même manière, il était maintenant bien incapable de dire si ce qu'il voyait était le fruit de son imagination ou la réalité.

Une douzaine de gâteaux miniatures s'étaient mis à tournoyer dans les airs suivant un tracé parabolique, comme si le cochon était l'étoile autour de laquelle gravitait toute une galaxie pâtissière. Sur un ton plaintif, les petits gâteaux lui criaient « mange-moi, mange-moi », pendant que lui essayait de les attraper avec ses grosses pattes en sautant partout. A chaque fois qu'il parvenait à mettre la main sur l'un d'entre eux, ce dernier se désagrégeait dans une fine fumée rose. Et à force de les faire disparaître, il n'en resta bientôt plus aucun. Les yeux rougis par la haine, il se retourna vers Pascaline et constata que sa tête avait pris la forme d'une part de gâteau géante. Il fonça dans sa direction, mais elle réussit à l'esquiver et se mit à danser en ondulant devant lui. Ses grosses babines salivaient à l'idée de croquer dans sa tête nappée de sucre glace, mais chacune de ses tentatives pour l'attraper se soldait par un échec. En la chargeant pour la énième fois, il ne prit pas garde au canal qui se trouvait derrière elle et, quand elle se déroba de nouveau, tomba tête la première dans l'eau croupie. Son corps s'y enfonça de tout son poids et il sombra dans les abysses de ce canal qui s'avérait bien plus profond qu'il ne l'aurait cru. A la surface, Pascaline se tortillait toujours comme une danseuse orientale, s'éloignant peu à peu de lui jusqu'à ce qu'elle disparaisse à son tour complètement. Tout était devenu noir. Sûrement continuait-il à sombrer dans les profondeurs du canal, mais comment pouvait-il le savoir puisqu'il ne voyait absolument plus rien ?

Alors qu'il se pensait définitivement perdu, la plateforme métallique froide et humide le ramena à la réalité. Son corps y gisait toujours de tout son long et il parvint, au prix d'efforts considérables, à rouvrir les yeux. Après cette drôle de vision, il se sentit un peu mieux. Ses douleurs physiques s'étaient estompées, mais il restait très faible et ne pouvait toujours pas se lever.

- Tu en mets du temps à encaisser, lui lança Pascaline.

Il fit pivoter sa tête, toujours collée au sol, et l'aperçut de biais. Elle avait retrouvé un visage normal et sa place dans le fauteuil rouge.

- Tu as repris tes esprits ? On va pouvoir commencer à discuter ?

- Que m'est-il arrivé ? demanda le cochon d'une voix si faible qu'il entendait à peine ses propres mots.

- Tu es en plein sevrage, lui répondit calmement Pascaline.

- Comment ça ? Je ne comprends pas.

- Tu viens de passer deux jours dans cet égout, isolé du monde extérieur et des gâteaux de Fookabec. Ton organisme réagit à cette privation en te faisant souffrir. C'est un mécanisme classique pour te motiver à combler ce manque.

- C'est absurde. Je n'ai jamais entendu quelque chose d'aussi absurde, répéta-t-il sur un ton agacé.

Il était encore si faible qu'il parlait toujours le visage aplati contre le sol.

- J'ai vécu exactement la même chose que toi, je sais très bien de quoi je parle, poursuivit Pascaline. Il y a presque un an, je me rendais chez Zack pour préparer ton arrivée, lorsque je me suis réveillée, je ne sais d'ailleurs toujours pas vraiment comment, allongée de l'autre côté du grillage et dans le même état que toi tout à l'heure.

- Comment ça « préparer mon arrivée » ? demanda le cochon en insistant sur ces trois derniers mots. Ce sont les deux pandas qui m'ont accueilli.

- Ah c'est donc eux qui m'ont remplacée, s'étonna Pascaline.

Le cochon devint pensif. Il se rappela mot pour mot des paroles du panda roux lors de leur première rencontre : « Tu nous excuseras de t'avoir laissé si longtemps tout seul, mais la personne qui devait t'accueillir a eu un empêchement. ». C'était donc d'elle qu'ils parlaient ? Elle devait l'accueillir comme lui avait accueilli Charlotte ?

- Coincé dans cet égout, j'ai subi le même sevrage que toi et j'ai fini par voir Tame tel qu'il était vraiment, poursuivit Pascaline. J'ai réussi à en sortir et, comme je savais que tu arrivais, j'ai voulu t'avertir du danger que tu encourrais.

- Pourtant tu ne m'as rien dit, tu t'es enfuie après m'avoir donné l'heure, lança le cochon, les yeux empreints de perplexité.

- Je n'ai pas assez réfléchi, j'ai agi bêtement. Lorsque je me suis retrouvée dans le supermarché, je me suis souvenu que tous les écrans de Zack seraient braqués sur toi. Il allait donc forcément me voir moi aussi. Prise de panique, j'ai mis quelques produits dans un panier et j'ai fait comme si j'étais une simple cliente en espérant que tu passerais ton chemin. Mais tu m'as adressé la parole, alors je n'ai rien trouvé d'autre à faire que de m'enfuir.

- Mais de quel danger voulais-tu m'avertir ? demanda le cochon pour lequel toute cette histoire ne faisait toujours aucun sens.

- Tu ne comprends décidément rien de ce qu'il se passe ici ! s'agaça Pascaline. Est-ce que tu as déjà réfléchi à la manière dont tu occupes tes journées ? Tout dans ce monde est conçu pour te maintenir captif de tes pulsions animales.

Le cochon luttait de toutes ses forces pour l'écouter, mais la conversation l'épuisait. Il s'endormit de nouveau et ne reprit ses esprits que bien plus tard. A son réveil, la douleur et ses angoisses avaient cette fois-ci intégralement disparu. Il se sentait très différent, sans pour autant savoir ce qui avait changé en lui. Pascaline l'aida à se relever et ouvrit la porte grillagée à l'aide d'une grosse clé qu'elle sortit de sa poche. Ils empruntèrent la même échelle qui les avait menés ici pour la première fois et remontèrent à la surface. Pascaline paraissait nerveuse. Elle jeta quelques coups d'œil furtifs autour d'elle, puis fit signe au cochon de la suivre en silence.

- Où va-t-on ? lui demanda-t-il.

Elle n'avait rien dit depuis qu'il s'était réveillé.

- Je t'emmène voir la réalité en face, lui répondit-elle, toujours aux aguets.

Dès qu'elle entendait un bruit, ils prenaient la direction opposée. Après un long trajet sinueux, ponctué de demi-tours et de détours, ils arrivèrent au sommet d'une petite butte.

- Nous y voilà, dit Pascaline.

Elle s'approcha d'une paire de jumelles panoramiques qui surplombaient le parc près du Bon Marché, regarda à l'intérieur et les orienta dans une direction bien précise.

- Regarde dedans et décris-moi ce que tu vois, lui lança-t-elle.

Sans poser de questions, le cochon prit place devant l'appareil et posa sa tête sur le support métallique.

- Je vois les poussins « N » et « M », avec le lapin blanc, le gros panda et la carpe.

- Et que font-ils ?

- Ils mangent, allongés sur des transats.

- Tu ne vois personne d'autre à proximité ?

Le cochon décala très légèrement le tube grossissant vers la gauche.

- Là je vois le poussin « W » qui termine l'anse d'un vase et un peu plus loin, l'araignée, allongée dans l'herbe. Elle tricote un petit bonnet.

- Rien d'inhabituel ?

- Je ne crois pas. Ils ont juste l'air très concentrés sur ce qu'ils font.

Le cochon continua de les observer en silence une bonne quinzaine de minutes, avant de reprendre la parole.

- Il y a bien quelque chose …

- Quoi donc ? demanda Pascaline, la voix pleine d'espoir.

- … Eh bien personne ne se parle. Ça c'est assez étrange. Depuis que je les observe, personne ne s'est adressé le moindre mot. Comme s'ils s'ignoraient.

Le cochon détacha un instant son regard de l'appareil et le porta sur Pascaline qui affichait un large sourire.

- Ça me fait plaisir ce que tu dis là ! Enfin quelqu'un qui voit la même chose que moi.

- Ce n'est pas normal. Je ne les ai jamais vus si apathiques, poursuivit le cochon.

- Ils sont toujours comme ça. Tu ne l'avais juste jamais remarqué. Ce qui n'est pas surprenant puisque tu étais dans le même état qu'eux.

Décontenancé, le cochon reposa ses yeux sur l'appareil et chercha d'autres de ses semblables.

- Tiens, voilà Fookabec qui fait sa distribution quotidienne de gâteaux.

- Et alors … ? demanda Pascaline.

- Je vois une quinzaine de créatures qui font la queue devant lui.

- Se parlent-elles ?

- Toujours pas. Mais c'est n'importe quoi, maugréa le cochon. Je suis avec eux en permanence et je ne les ai jamais vus dans cet état.

- Au risque de me répéter, c'est parce que tu étais dans le même qu'eux. Tu ne voyais donc rien d'anormal à un comportement qui était également le tien.

- Mais tu dis n'importe quoi ! s'énerva le cochon.

Sans vouloir en entendre davantage, il descendit de la machine et courut en direction de ses amis. Pascaline le regarda s'éloigner sans le retenir. Il dévala la pente à grande vitesse, perdit l'équilibre à plusieurs reprises, et arriva au niveau des deux poussins, du lapin blanc, du gros panda et de la carpe. Ils n'avaient pas bougé d'un pouce, toujours allongés sur leur transat, piochant sans discontinuer dans un monticule de nourriture qui se tenait à leur portée et mangeant goulument tout ce qui leur passait sous la main. Leur face était maculée de ce qu'ils mangeaient. Le gros panda avait même le front recouvert de chantilly, dans laquelle s'était fixée une cerise confite.

- Quelque chose ne va pas ? leur demanda le cochon, sans détours.

- Tout va très bien. Pourquoi cette question ? demanda à son tour le lapin blanc d'une voix monocorde, la bouche pleine.

- Je ne sais pas. Ça fait un moment que je vous observe et on dirait que vous vous ignorez.

Les yeux du rongeur se dirigèrent un court instant dans sa direction, puis se détournèrent rapidement de lui au profit d'une part de clafoutis posée à proximité. A ses côtés, les deux poussins, le gros panda et la carpe firent montre d'une indifférence similaire à la sienne.

- Non ? Je suis fou ? demanda le cochon en haussant la voix.

- Tu vas nous laisser tranquilles oui ? lança la carpe, sans même prendre la peine de lui adresser un regard.

Le cochon ne comprenait décidément rien à ce qu'il se passait. Derrière eux, il aperçut l'araignée qui avait rangé son bonnet et tenait maintenant un violon. Accompagnée de deux singes, elle jouait un morceau face à un petit groupe. Le cochon se dirigea vers eux. Dans son dos, un chuchotis désagréable vint lui faire siffler les oreilles.

- Qu'est-ce qu'il a aujourd'hui celui-là ? murmura le lapin blanc.

- Je ne sais pas, mais regarde-le, il a un bien vilain teint, lui répondit la carpe.

- La dernière fois que je l'ai vu, il était habillé exactement de la même manière.

- Comment ? Mais quand était-ce ?

- Le jour où le panda roux a raconté son histoire à Charlotte, si ma mémoire est bonne.

- Oh ! Mais c'était il y a au moins deux jours ! s'exclama le poussin « N ».

- Il se laisse aller, ajouta son compère « M ».

- C'est effrayant.

- Affligeant.

- Dégoutant.

- Abject.

Le cochon serra les dents, retint ses larmes et continua d'avancer jusqu'à ne plus entendre leurs quolibets.

« Mais pourquoi sont-ils si méchants avec moi aujourd'hui ? » se demanda-t-il.

Il s'arrêta devant l'araignée et les deux singes. Face à eux, une vingtaine de créatures frappaient dans leurs pattes avec énergie. Elles semblaient autant absorbées par la musique que le lapin blanc l'était de son clafoutis. Et de la même manière, personne ne se parlait ni n'échangeait le moindre regard avec ses voisins. Le cochon tenta de lancer la conversation avec plusieurs d'entre eux, mais n'obtint aucune réponse supérieure à une syllabe.

- Tout le monde m'ignore ou quoi ? cria-t-il au groupe qui se retourna d'un seul bloc. Une cinquantaine d'yeux le fusillèrent du regard quelques secondes, puis retournèrent au concert.

Face à ces comportements incompréhensibles, la panique commença à le gagner. Ses pattes avant tremblaient d'agacement et son visage était tout empourpré de gêne. Entre deux arbustes, le poussin « W » était toujours à l'œuvre sur son établi. Le cochon bondit dans sa direction et adopta une approche différente de ce qu'il avait tenté jusque-là avec les autres.

- Très belle anse. Quelle barbotine vas-tu utiliser ? lui lança-t-il.

- La classique, eau et argile. Je viens de terminer le guillochage, je vais pouvoir la poser sur le vase.

Le cochon était ravi de cette réponse détaillée et en profita pour embrayer sur ses interrogations.

- Tu ne trouves pas que tout le monde a un comportement bizarre aujourd'hui ?

- Non. Lui répondit simplement le poussin « W » en posant les deux bouts de son anse sur les zones striées du vase.

- Tout de même ! Regarde autour de toi, ils s'ignorent tous. Ce n'est pas normal ! s'emporta-t-il de nouveau.

Le poussin « W » saisit un petit ustensile et se mit à aplatir les contours de son anse, l'ignorant à son tour lui aussi.

- Non ? Regarde la carpe et le lapin blanc. Ça fait presque une heure que je les observe, ils sont assis ensemble et ne se sont toujours pas adressé le moindre mot.

Le cochon marqua un silence.

- Sauf pour m'insulter, ajouta-t-il en baissant les yeux vers le sol.

Le poussin « W » plissa ses petits yeux d'un air concentré sur son travail, tout en gardant le bec fermé.

- Ça ne te choque pas ? insista le cochon.

- Eh oh ! Ne vois-tu pas que je suis occupé. Laisse-moi donc à mon ouvrage, finit-il par lui répondre en lui jetant un regard noir.

Tout à coup, un échange amical entre deux voix enjouées lui parvint aux oreilles.

- Tout le monde n'a pas perdu la tête ! cria-t-il enthousiaste, déclenchant une nouvelle vague d'indignation devant le concert de l'araignée.

Le cochon se retourna et aperçut Charlotte avec le panda roux. Ils discutaient en avançant dans sa direction. Dès que ce dernier vit le cochon, il amena Charlotte auprès du lapin blanc, du gros panda et de la carpe, débarbouillés et tout sourire. Le groupe de gloutons s'était détourné du monticule de nourriture et se montrait soudainement très loquace avec elle. Le panda roux laissa Charlotte avec eux et s'approcha du cochon resté à l'écart.

- Te voilà ! Mais où étais-tu donc passé ? Ce n'est pas à moi de m'occuper d'elle, lui lança-t-il d'un ton très agacé.

- Je suis désolé ! Il m'est arrivé quelque chose d'incroyable ! Figure-toi que je me suis retrouvé coincé dans un égout et …

- Tes excuses ne m'intéressent pas, le coupa-t-il sèchement.

- Mais qu'est-ce que vous avez tous à la fin ? s'énerva une nouvelle fois le cochon.

Avant même qu'il n'ait eu le temps d'ajouter quoi que ce soit, le panda roux avait déjà tourné les talons en direction du petit concert de l'araignée. Désemparé, le cochon lui cria de nouveau :

- C'est tout ce que tu as à me dire ?

- Je crains fort d'avoir mieux à faire que discutailler inutilement, lui répondit-il sans se retourner. Occupe-toi de Charlotte !

Le cochon était sidéré face à cette suite de scènes surréalistes. Accablé, il remonta la butte pour retrouver Pascaline.

- C'est insensé, dit-il en arrivant auprès d'elle. Que leur arrive-t-il ? Ils ont tous été odieux avec moi !

- Pas plus que d'habitude, je te l'ai déjà dit, répondit-elle d'un ton las.

- Je ne suis pourtant pas fou. Les gens n'étaient pas comme ça avant que tu m'emprisonnes dans cet égout. Tout le monde a toujours été adorable avec moi.

- Pour la troisième fois, tu ne t'en étais simplement jamais rendu compte à l'époque, parce que tu étais sous l'emprise du gâteau de Fookabec. En réalité tout le monde ne s'intéresse qu'à soi ici. Les gens ne se parlent que par intérêt ou pour gloser sur leur voisin. Autrement, ils préfèrent vivre leur petite vie de plaisirs dans leur coin. Je t'assure que c'est la vérité.

- C'est complètement faux ! s'emporta le cochon. Je me rappelle très bien avoir eu de longues discussions avec chacun d'entre eux. Ce sont mes amis !

- Vraiment ? Et quelle est la dernière conversation dont tu te souviennes ?

Le cochon se plongea dans ses souvenirs et sembla rapidement confus.

- Je ne m'en rappelle pas, finit-il par lui concéder.

- C'est parce que tu n'en as jamais eu, dit Pascaline. Toi aussi, tu ne cherchais rien d'autre que les plaisirs immédiats, comme la nourriture, les jeux, la relaxation, la luxure ou la médisance. Parler avec les autres, nouer des relations, ça n'en a jamais fait partie. C'est contraignant, ça prend du temps, c'est risqué, pourquoi s'embêter avec ça ? Je vous observe en cachette depuis presque un an et je peux t'assurer que tout le monde se comporte de la même manière.

- Et toutes mes créations en céramique alors ? s'écria subitement le cochon, la voix remplie d'espoir. Je n'en tire aucun plaisir immédiat, c'est long à fabriquer, ça m'a pris du temps à apprendre …

- Et tu ne les échanges pas contre des gâteaux à tout hasard ? coupa Pascaline. Tout par intérêt je te dis …

- Mais …

Le cochon ne trouvait plus ses mots et un grand frisson lui parcourut le dos. Il se remémora les moments passés avec le panda roux, la carpe ou encore les trois poussins. Il se revit en train de manger, de jouer ou de se détendre à leurs côtés, mais fut bien incapable de se rappeler la moindre conversation.

- Non, c'est impossible, dit-il en se prenant la tête dans les pattes.

Pascaline le regardait d'un air désolé.

- Moi aussi je les prenais pour mes amis, avant de tomber dans cet égout et de voir à quel point nos rapports étaient factices.

- Pourtant nous avions tant discuté à l'époque où je n'étais pas un cochon. Et encore tout à l'heure, quand Charlotte est arrivée, tout le monde s'est mis à lui parler. Qu'est-ce qui a changé entre temps ?

- C'est parce que tu étais un simple visiteur, comme Charlotte aujourd'hui. Il fallait te séduire pour te convaincre de rester. Mais dès que tu avais le dos tourné, chacun retrouvait ses bas instincts et redevenait obnubilé par lui-même.

- Je n'ai aucun souvenir de m'être comporté de la sorte avec Charlotte …

- C'est un mécanisme pavlovien, tu ne t'en rendais même pas compte. Dès qu'un visiteur se retrouve dans les parages, tout le monde a intérêt à le convaincre de rester. Les gâteaux, toujours les gâteaux …

Le cochon tomba à genoux, le visage baissé, terrassé par ce qu'il commençait à comprendre. Tout n'était donc qu'illusion ? Ce monde extraordinaire auquel il avait choisi de consacrer son existence n'était rien d'autre qu'un mirage ? Une chimère qui l'avait maintenu tout ce temps dans un sorte d'apathie heureuse ? La réalité lui apparaissait maintenant de plus en plus clairement. Chaque créature dans Tame était plongée dans un tunnel de divertissements, dont l'unique but était de les maintenir dans un état léthargique. Les gâteaux de Fookabec, qu'ils consommaient plusieurs fois par jour pour leurs effets psychotropes, achevaient de les détourner de cette sombre réalité.

Le cochon regarda ses deux grosses pattes disgracieuses et tenta de se rappeler à quoi elles ressemblaient avant sa transformation, ravivant les souvenirs de la vie à laquelle il avait renoncée pour venir ici. Des images de moments joyeux revinrent à son esprit, des visages familiers réapparurent, des émotions oubliées ressurgirent. Il se rappela toutes les personnes qu'il avait quittées, de sa famille à ses amis, en passant par de simples connaissances, puis se remémora les moments marquants de sa précédente existence, ceux qui l'avaient porté au firmament, comme ceux moins heureux. Au moins à cette époque, il était libre. Libre d'éprouver, de ressentir, de vivre.

- Qu'est-ce que j'ai fait, bredouilla-t-il en s'effondrant par terre, la tête entre les pattes.

Pascaline posa une main sur son épaule, d'un air compatissant.

- Est-ce qu'il y a un moyen de revenir en arrière ? demanda-t-il, des sanglots dans la voix.

- Je l'espère, mais pour l'instant je n'en ai trouvé aucun, lui répondit-elle tristement.

Le cochon se tut un long moment et ne bougea plus. Comme si son âme s'était échappée de son corps. Derrière ses grosses pattes, des torrents de larmes coulaient en silence sur ses joues potelées. Alors qu'il était toujours effondré au sol, tétanisé par la vérité, son groin se mit à frétiller. Ses yeux s'agrandirent et sa tête se releva en direction du parc. Une lointaine odeur lui chatouillait les narines.

- Je reconnais cette odeur. C'est celle du gâteau, dit-il en levant la tête dans sa direction. Rien que de la sentir, j'ai envie d'en manger.

- Il faut rapidement que tu retrouves ta forme humaine, dit Pascaline. Tes pulsions animales risquent de reprendre le dessus.

- C'est possible ça ? demanda le cochon avec un regain d'enthousiasme. Comment as-tu d'ailleurs fait pour redevenir une femme ? Je ne savais même pas que la transformation pouvait s'opérer dans l'autre sens.

- Je ne pensais pas non plus que c'était possible. Mais le jour où j'ai vu ce monde tel qu'il était vraiment, je suis allée récupérer ma montre pour retourner dans le monde réel, répondit Pascaline en montrant l'objet doré attaché à son poignet.

- Et ça a marché ?

Pascaline mit un peu de temps à formuler une réponse dans sa tête, avant de poursuivre d'un air triste.

- Non, sinon je ne serais plus là. Et de toute façon, comment cela aurait-il été possible ? Ça fait maintenant un bout de temps que je suis morte de l'autre côté. En revanche, en remettant la montre à mon poignet, j'ai retrouvé mon apparence de femme.

La mince lueur d'espoir qui scintillait dans les yeux du cochon disparut aussi vite qu'elle était apparue.

- Il n'y a donc aucun moyen de retourner dans la réalité ?

- Je ne sais pas. Mais si on veut pouvoir trouver une solution ensemble, il faut déjà que tu retrouves ta forme humaine. Sinon tu ne résisteras pas longtemps aux effluves du gâteau.

- Donc il faut aussi que je retrouve ma montre, assena le cochon d'un ton ferme. Où as-tu retrouvé la tienne ?

- Chez Mistigram, répondit Pascaline.

Devant l'air confus du cochon, elle s'empressa d'ajouter :

- Le gros chat bariolé aux couleurs de l'arc-en-ciel. C'est lui qui te l'a retirée le jour de ta cérémonie n'est-ce pas ?

- Oui ! Je me suis d'ailleurs toujours demandé qui c'était. Je ne l'ai jamais revu.

- Eh bien c'est lui qui fabrique les montres. Et c'est aussi lui qui les conserve dans son atelier après chaque cérémonie. Viens, on va aller récupérer la tienne. Il est installé au musée d'Orsay.

Le mostrophile

Pascaline et le cochon descendirent de la butte pour prendre le chemin qui menait à Mistigram.

- Quand on arrivera dans son atelier, il ne faudra pas lui révéler la raison de notre présence. Il ne nous laissera jamais récupérer l'une de ses montres, lui dit-elle.

- Comment va-t-on s'y prendre alors ?

- Toutes les montres sont rangées dans de petits casiers au premier étage. Je trouverai un prétexte pour le faire descendre au rez-de-chaussée et tu en profiteras pour monter récupérer la tienne. C'est ce que j'ai réussi à faire toute seule la dernière fois, ça ne devrait donc pas poser de grande difficulté à deux. Il faudra juste bien s'assurer qu'il n'embarque pas son trousseau de clés avec lui. On en aura besoin pour ouvrir ton casier.

Alors qu'ils passaient derrière une petite église, une discussion accompagnée de gazouillis se fit entendre non loin d'eux. Pascaline fit signe au cochon de s'arrêter et grimpa sur un grillage afin d'en identifier la provenance. Les trois poussins marchaient au loin.

- Il ne faut surtout pas qu'ils nous voient, lança-t-elle en redescendant.

Pascaline et le cochon poursuivirent leur route en redoublant de vigilance, mais à mesure qu'ils approchaient du musée d'Orsay, les poussins se faisaient de plus en plus sonores.

- Ils nous suivent ou quoi ? lança le cochon.

Pour éviter d'être vus, ils se mirent à avancer dos à dos, dans une position digne d'un film d'espionnage. Ils s'arrêtaient à chaque intersection pour écouter leur position et prendre le chemin opposé. Cette technique leur évita de les croiser, mais ne suffit pas à les semer. A chaque fois qu'ils partaient dans une direction, les bruits derrière eux s'estompaient, puis s'intensifiaient de l'autre côté.

- Je pense qu'ils nous encerclent, chuchota Pascaline. Cachons-nous quelque part et attendons qu'ils s'en aillent, ça me paraît plus prudent.

Ils pénétrèrent dans la première boutique sur leur chemin et s'accroupirent dans la vitrine. Dissimulés par des mannequins, ils scrutaient les deux extrémités de la rue et suivaient avec la plus grande vigilance les bruits de poussins. Tout à coup, un rideau de plumes passa devant le magasin, sous les regards angoissés de Pascaline et du cochon. Les deux autres poussins rejoignirent le premier. Ils ne les voyaient pas, mais le volume de leur discussion indiquait qu'ils se trouvaient tous les trois à proximité.

- Elle est passée par là, j'en suis certain, entendirent-ils de la bouche de l'un d'eux.

Pascaline et le cochon restaient immobiles, respirant aussi silencieusement que possible et écoutant leur conversation.

- Tu l'as vue ?

- Non mais je l'ai entendue, enfin je crois.

- Regarde par-là, elle a pu se cacher derrière une voiture. Elle est rusée.

- Sournoise plutôt.

- Et laide par-dessus le marché.

- Je préférais quand elle ressemblait à un cygne.

- Moi aussi.

Après un certain temps, les poussins se firent moins sonores, puis leur conversation finit par s'estomper pour de bon. Pascaline jeta un discret coup d'œil à l'extérieur et ne vit personne. Ils semblaient être partis. Elle fit signe au cochon de la suivre et ils reprirent tous les deux le chemin du musée d'Orsay. Mais à peine étaient-ils sortis de leur cachette, qu'ils tombèrent nez-à-nez avec les deux pandas et le lapin blanc.

- Tiens, tiens, qui voilà, lança le panda roux perché sur l'épaule de son acolyte, qui émit un grognement de satisfaction.

- Et c'est toi qui l'as trouvée ! s'étonna le lapin blanc en regardant le cochon. Je ne savais même pas que tu étais sur le coup. Eh bien on partagera la récompense ensemble, ajouta-t-il un brin contrarié.

Le teint livide, Pascaline se retourna sans chercher à comprendre comment ils les avaient trouvés et s'élança dans la direction opposée. Mais quelques mètres à peine plus loin, elle se heurta à un mur duveteux. Face à elle, les trois poussins étaient de retour, alignés côte à côte et fermant toute possibilité de fuite.

- Madame, sur ordre de Zack, nous vous demandons de nous suivre, tonna le poussin « W ».

Pascaline enfonça ses mains entre deux d'entre eux pour s'y frayer un chemin, mais le trio formait un bloc infranchissable. Ils se mirent à agiter leurs ailes pour la faire reculer et à piaillèrent à gorges déployées, créant un vacarme suraigu assourdissant.

Le gros panda s'élança alors vers Pascaline, passant devant le cochon abasourdi sans lui prêter la moindre attention. Les pattes écartées, il se jeta sur elle pour l'attraper, mais elle réussit à l'esquiver in extremis.

Dans la confusion générale, le gros panda, lancé à pleine vitesse, percuta les trois poussins qui tombèrent au sol comme des quilles. Sans demander son reste, Pascaline en profita pour s'enfuir dans la direction opposée. Elle passa devant le panda roux, qui ne fit qu'hurler en gesticulant car il était bien trop petit pour tenter de l'arrêter, et se retrouva face au lapin blanc.

- Écarte-toi ! lui lança-t-elle en continuant à courir vers lui.

Le rongeur ne bougea pas d'un pouce. Pascaline, une épaule en avant, s'apprêta à le percuter, mais d'un geste habile et imprévisible, le lapin blanc ouvrit son parapluie sous son nez. Elle s'enfonça dans la toile élastique et se retrouva projetée en arrière. Un peu sonnée, Pascaline regarda en premier dans la direction du gros panda et des trois poussins. Elle craignait qu'ils ne profitent de sa mauvaise posture, mais ils gisaient toujours au sol. Elle se releva un peu groggy, glissa un bras derrière le parapluie, attrapa le manche et l'envoya valser dans les airs avec le lapin blanc qui s'y agrippait toujours. Plus personne ne lui bloquait le passage. Le cochon la rejoignit et ils s'enfuirent tous les deux.

- Je crois qu'on les a semés, lança-t-elle, essoufflée. L'atelier de Mistigram est par-là, ajouta-t-elle en montrant la Seine.

Pascaline s'engagea dans la rue qui y menait, mais quelques mètres plus loin à peine, elle s'immobilisa net.

- Qu'est-ce que … bredouilla-t-elle, les bras figés le long du corps.

Huit yeux sortirent de derrière un platane. L'araignée, affublée d'une nouvelle robe aux motifs printaniers, se dévoila une patte après l'autre. Elle s'approcha lentement de Pascaline qui se débattait contre sa camisole de soie invisible. En gesticulant comme elle le faisait, le fil qui la retenait se solidifiait chaque seconde davantage. Toute résistance semblait vaine. Pascaline était prise au piège.

Le cochon hésita un instant. Peut-être pourrait-il couper les fils qui la retenaient ? Mais s'il l'aidait, les autres créatures comprendraient qu'il n'était plus des leurs. Son dilemme ne se posa pas bien longtemps. Le gros panda déboula avec le reste du groupe. Il attrapa Pascaline et la monta sur une épaule comme un sac de pommes de terre.

- Lâche-moi sale monstre ! vociféra-t-elle à son encontre, tout en tentant de le mordre dans le dos.

- Tais-toi donc, scélérate ! lui cria à son tour l'araignée.

- Vous n'avez aucun droit sur moi, laissez-moi partir ! Monstrueuses créatures ! Ne voyez-vous pas ce que Zack a fait de vous ?

Comme elle continuait à hurler, l'araignée leva une patte et lui bâillonna la bouche, réduisant ses insultes à de simples marmonnements.

Comment ceux qu'il considérait jusqu'alors comme des amis avaient-ils pu agir de la sorte ? Tout était-il à ce point factice, pour que ces créatures, qu'il croyait si bienveillantes, soient en réalité capables d'une telle violence ?

Le cochon, bien qu'en état de sidération absolue face à cette scène surréaliste, profita que personne ne prêtait attention à lui pour s'éclipser discrètement.

Il n'était pas bien loin de l'atelier de Mistigram et voyait déjà poindre les statues qui surplombaient le musée.

« Monter à l'étage, trouver un prétexte pour faire descendre le gros chat, puis récupérer ma montre. Et ensuite, j'irai délivrer Pascaline » se répéta-t-il plusieurs fois pour être sûr de ne rien oublier.

Une fois arrivé à destination, il pénétra d'un pas peu assuré dans l'ancienne gare au plafond voûté et au sol marbré. Les dimensions de l'édifice étaient impressionnantes.

- Il y a quelqu'un ? demanda-t-il d'une voix à peine audible, avant de se racler la gorge et de reposer sa question d'un ton plus ferme.

Dès le premier coup d'œil, quelque chose le troubla. Le musée ne ressemblait pas vraiment au souvenir qu'il en avait. Le bâtiment en lui-même avait conservé son aspect d'antan, mais l'intérieur semblait servir d'entrepôt. Tout l'espace était occupé par un nombre incalculable d'objets, de végétaux et de mobilier urbain. Dans le fond, il avait même l'impression d'apercevoir des façades entières de bâtiments. En s'avançant, il passa à côté d'un baobab géant planté dans un pot en terre cuite. L'arbre était posé sur ce qui ressemblait à la terrasse d'un bistrot, elle-même à côté d'une grande fontaine de laquelle jaillissaient plusieurs jets d'eau. Un peu plus loin, des dizaines de chaises, de formes toutes différentes, s'amoncelaient les unes sur les autres, formant une improbable pyramide qui risquait de s'effondrer à la moindre maladresse. Le cochon progressa à travers cet étrange bazar, arrêtant son regard sur chaque touche de couleur vive qui lui évoquait Mistigram. Il traversa plusieurs espaces, lesquels, malgré le désordre apparent, semblaient répondre à une certaine logique d'affectation et arriva à l'extrémité du bâtiment sans avoir trouvé la moindre trace de Mistigram.

Un large escalier menait au premier étage. Il l'emprunta et se retrouva face à une suite de petites salles qui s'enfilaient les unes après les autres, toutes recouvertes de parquet. Tout au bout, une grande baie vitrée donnait sur les toits de la capitale.

La première salle était presque vide. Seul un mur était aménagé d'une centaine de petits casiers gris posés les uns sur les autres. Il comprit que c'était ceux dont lui avait parlé Pascaline, à l'intérieur desquels devait se trouver sa montre. Le cochon eut à peine le temps de s'en approcher qu'une voix retentit en provenance de la deuxième pièce :

« … et le petit chapeau en fonte pour finir … »

Le cochon s'avança et pencha discrètement sa tête à travers le dormant. Mistigram était là. Le gros matou au pelage arc-en-ciel lui faisait face, affublé d'un vieux tablier en cuir sale, devant un mur également recouvert de casiers. Il était assis sur un tabouret trop grand pour lui et faisait battre ses deux petites pattes dans le vide, tout en regardant avec attention un écran similaire à ceux qui se trouvaient dans le bureau de Zack. Au milieu de la pièce, un bout de métal flottait dans les airs au-dessus d'un large socle circulaire gris. Mistigram bougea ses petits doigts poilus devant l'écran et la pièce en lévitation se transforma, d'un coup d'un seul, en un grand lampadaire de rue.

- Magnifique, c'est magnifique, s'enthousiasma-t-il. Allez c'est tout pour aujourd'hui.

Il appuya sur un gros bouton fixé à son bureau et le lampadaire s'évapora. Dans le même temps, l'épais manteau rose qui précédait chaque jour les modifications dans Tame fit son apparition derrière la baie vitrée et recouvrit la ville.

« C'est lui qui déclenche la brume ! » s'étonna le cochon, les yeux écarquillés, en se remémorant toutes les fois où il avait été témoin du phénomène, comme le jour où un manège d'auto-tamponneuses était sorti de nulle part en plein milieu du jardin des Tuileries. Fasciné par ce qu'il venait de voir, le cochon avança machinalement d'un pas et fit, sans le vouloir, craquer une latte de parquet.

- Qui va là ? lança Mistigram en regardant dans sa direction.

- C'est moi, répondit-il spontanément d'une voix fluette, comme s'ils se connaissaient de longue date.

- Approche ! Je ne te vois pas d'ici !

Le cochon avança d'un pas peu assuré.

- C'est donc toi qui modifies Tame chaque jour ? lui lança-t-il.

Il était très curieux de ce qu'il venait de découvrir et voulait surtout éviter d'aborder le sujet de sa présence.

- Bien sûr ! répondit le félin, la mine offusquée. D'où pensais-tu que cela venait ? Du Saint-Esprit ? Personne ne s'intéresse à mon travail, c'est vraiment incroyable, ajouta-t-il, d'un air bougon, en replongeant sa tête derrière son écran.

- Mais pourquoi fais-tu ça ?

- Comment ça « pourquoi » ? Vous n'êtes à ce point au courant de rien ? Il faut que j'en parle à Zack, ce n'est pas normal.

- Je sais que la brume apparaît aux alentours de midi et que certaines choses changent autour de nous, mais personne ne m'en a jamais expliqué les raisons.

Mistigram soupira lourdement.

- Tu ne t'es jamais demandé pourquoi tout était toujours en parfait état ici ? Eh bien c'est grâce à la brume. Ou plutôt, c'est grâce à moi. Chaque jour je recopie le monde réel dans Tame. Ce qui est cassé est réparé, le Bon Marché est approvisionné et les tables des restaurants sont de nouveau garnies. On suit le rythme des saisons, les arbres fleurissent ou se dégarnissent, les musées se renouvellent, les infrastructures évoluent.

- Mais … comment fais-tu ça … ?

Le cochon ne trouvait plus ses mots.

- Tu es déjà rentré dans le bureau de Zack n'est-ce pas ? Tu vois toutes les données qu'il collecte pour l'intégration de nos chers visiteurs. Et bien j'utilise les mêmes données, mais pour mettre à jour notre monde à nous. Tu n'as pas idée du nombre de photos et de vidéos que les gens prennent chaque jour dans la réalité ! Tout y est capturé ! De l'antenne de la tour Eiffel, au moindre petit troquet, en passant par le plus insignifiant des fondants au chocolat. Chaque image est automatiquement croisée avec sa géolocalisation et c'est parti ! Tout est recopié dans Tame en moins de temps qu'il ne m'en a fallu pour te le dire.

Le museau de Mistigram se mit à frétiller de plaisir. Ça faisait bien longtemps qu'il n'avait pas parlé de son travail à quelqu'un.

- Tu ne vas quand même pas me faire croire que tout est pris en photo ? Il y a bien des choses qui n'ont aucun intérêt. Je ne sais pas moi, les toilettes par exemple. Je suis certain de n'avoir jamais photographié les miennes par exemple et pourtant elles sont bel et bien reproduites dans mon appartement ici.

Mistigram se replongea derrière son écran quelques instants d'un air guilleret. Cette conversation semblait grandement l'amuser.

- Eh bien détrompe-toi ! s'exclama-t-il ! Quand tu as emménagé dans ton appartement il y a quelques années, tu as pris ta salle de bains en photo avec ton téléphone non ? Elle est là, regarde ! Ajouta-t-il en retournant l'écran dans sa direction.

- Certes, je ne m'en rappelais pas, répondit le cochon un peu embarrassé. Cela dit, je n'ai certainement pas photographié l'intérieur de ma cuvette ! Donc tu ne peux pas savoir à quoi elle ressemble.

- Alors dans ce cas, quand je n'ai vraiment aucune image à disposition, ce qui est soit dit en passant très rare, je conçois moi-même le décor. Comme avec le lampadaire qui vient de partir. Tu l'as vu d'ailleurs ? Il était beau n'est-ce pas ? Je viens de l'envoyer sur un bout de trottoir que personne n'a jamais filmé ou photographié. Donc je ne savais pas quoi y mettre.

- Ah ça, il était magnifique ! répondit le cochon d'un ton obséquieux.

- Et pour en revenir aux cuvettes, elles sont toutes pareilles ! ajouta Mistigram en éclatant de rire. Mais personne ne l'a jamais remarqué, puisqu'aucun d'entre vous n'a besoin d'aller aux toilettes !

Le cochon rigola de bon cœur. Il n'avait pas perdu de vue la raison de sa présence ici, mais réfléchissait encore à la meilleure manière d'aborder le sujet de sa montre.

- Et parfois je m'amuse même à ajouter deux ou trois trucs de ma propre création, poursuivit Mistigram qui semblait intarissable sur le sujet. Tu as vu la luxuriante forêt dans le Nord de la ville ? Ou les berges ensablées du pont de l'Alma ? C'est de moi ! Et un peu plus bas, la statue qui me représente sur un cheval, un glaive dans la patte ? De moi aussi ! N'est-elle pas grandiose ? C'est une de mes plus belles créations.

Mistigram fixa soudainement le cochon dans les yeux et fronça les sourcils.

- Mais qu'est-ce qui t'amène ici d'ailleurs ? Personne ne vient jamais me rendre visite.

Pris au dépourvu, le cochon bredouilla la première chose qui lui vint à l'esprit.

- Eh bien, je parlais avec Fookabec de mon intérêt pour les montres anciennes et il m'a conseillé de venir te voir.

Apparemment, c'est toi qui as la plus belle collection de Tame.

Flatté, Mistigram ronronna de nouveau et afficha un air exagérément modeste.

- Oh ! Comme c'est élégant de sa part d'avoir dit ça ! Je te le confirme. Je copie les plus belles montres de l'autre monde et je les utilise comme modèle pour fabriquer celles qu'on donne à nos visiteurs.

Mistigram descendit de son tabouret et s'approcha d'un casier derrière lui. Un écriteau métallique indiquait le prénom « Clara ». Il plongea une patte dans la poche avant de son tablier et en sortit un énorme trousseau sur lequel était accroché un bon millier de clés. Les yeux du cochon se mirent à briller. C'était celui dont lui avait parlé Pascaline. Il ne lui restait plus qu'à trouver un moyen de le lui dérober.

Mistigram fit défiler les clés entre ses pattes et s'arrêta sur celle qui portait le prénom « Clara », puis l'enfonça dans le compartiment associé. A l'intérieur, se trouvait un petit coffret qu'il posa à côté de son écran. Il appuya sur la face latérale gauche et la boite s'ouvrit en son centre, faisant apparaître la précieuse pièce d'horlogerie.

- Regarde-moi cette merveille. C'est l'une de mes plus belles créations. Je lui ai mis un seul bouton poussoir avec une couronne moletée, ce qui ne sert à rien puisque la montre se remonte toute seule, mais j'aime travailler chaque détail pour rendre mes pièces uniques. Et si tu regardes le cadran, tu peux voir que …

Le cochon souleva la montre de la pointe du sabot et l'approcha de son visage, pendant que Mistigram continuait son exposé.

- La couleur dorée possède une infinité de nuances en fonction de l'angle sous lequel tu la regardes. Au niveau des aiguilles, tu peux voir que j'en ai mis trois. Il y a celle pour les heures, celle pour les minutes et celle pour les secondes. J'ai déjà essayé de me passer de celle des secondes, mais je trouve que la montre perd de son charme. On ne ressent plus le temps qui s'égrène.

Le cochon approcha sa deuxième patte et testa l'ouverture du fermoir.

- C'est une question de goût, mais aussi de précision. D'ailleurs au niveau des chiffres, tu peux aussi voir que j'ai opté pour la numérotation romaine …

Le cochon tendit la montre à Mistigram pour la lui rendre et ce dernier posa le trousseau sur son bureau pour la récupérer. A cet instant précis leurs regards se croisèrent. Chacun comprit ce que l'autre avait en tête et ils se jetèrent comme un seul homme sur les clés. Le cochon parvint à l'attraper de justesse, se retourna et assena un puissant coup de patte dans l'estomac de Mistigram, qui se retrouva projeté contre un mur. Profitant qu'il soit au sol, le cochon fit défiler les différentes clés aussi vite que possible entre ses sabots, tout en se rapprochant des casiers. Sur chacun d'eux était inscrit un prénom différent. Le cochon en lut un au hasard : « Calvin ».

« Non c'est plus loin », se dit-il en s'avançant vers le fond de la salle à la recherche de la lettre M, tout en continuant à chercher son nom sur le trousseau de clés.

« Marius, Mark, … Michelle, … mince c'était avant. » Il repartit dans l'autre sens.

« Mélinda, Maximilien, Mathieu ! Me voilà ! » s'exclama-t-il en trouvant, presque en même temps, la clé correspondante. Il l'enfonça dans le trou prévu à cet effet, reproduisit la technique de Mistigram pour ouvrir le coffret et récupéra la montre. Soudain, une violente douleur lui brûla le dos. Mistigram avait repris ses esprits et s'était jeté sur lui, toutes griffes dehors. Sous le coup de la surprise mêlée à la douleur, le cochon lâcha la montre au sol et bascula à la renverse. L'adorable chat coloré s'était transformé en une véritable bête sauvage. Le poil hérissé, il feulait canines apparentes sur le cochon, tout en lui donnant de violents coups de griffes qui lacéraient son épiderme pourtant bien épais jusqu'au sang. Le cochon finit par se relever tant bien que mal et lui donna un deuxième violent coup de patte qui le renvoya s'écraser au même endroit. L'avantage physique était clairement de son côté. Il reprit la montre au sol, la glissa dans une poche de son pantalon et s'enfuit par les escaliers.

De son côté, Mistigram ne resta cette fois-ci pas sonné bien longtemps.

- Demande d'intervention immédiate, beugla-t-il derrière lui. Le cochon a sa montre. Je répète, le cochon a sa montre.

Une alarme s'était enclenchée et rugissait à présent dans tout l'édifice. Le cochon venait d'atteindre le rez-de-chaussée, mais Mistigram était de nouveau sur ses talons et, à défaut d'être plus fort, il était bien plus rapide. L'alarme continuait de siffler un son strident, quand un puissant rugissement se fit entendre en provenance de l'extérieur. Le cochon s'arrêta un instant, tourna la tête en direction de la grande baie vitrée du premier étage et aperçut deux points dans le ciel qui grossissaient à vue d'œil. Derrière lui, Mistigram n'était déjà plus qu'à quelques mètres de lui tomber dessus. Le cochon reprit sa course, dépassa la pyramide de chaises et donna un coup de pied dedans. La montagne de bois s'effondra sur elle-même et manqua d'écraser le félin, qui se retrouva bloqué de l'autre côté. Au loin, les deux points dans le ciel se précisaient. C'était Fookabec et le dragon Toctoc qui fendaient les airs, avec Zack sur le dos de ce dernier.

Derrière le cochon, Mistigram était parvenu au sommet du monticule de chaises et profita de sa sidération pour se jeter sur lui. Ses griffes se plantèrent dans son postérieur et le firent hurler de douleur.

- Rends la montre ! beugla le félin.

- Jamais ! cria le cochon d'une voix rauque qui exprimait toute sa souffrance.

D'un coup de patte bien senti, il éjecta le félin si fort qu'il s'encastra dans les chaises effondrées et disparut à l'intérieur. Avant même que le cochon n'ait eu le temps de se retourner, la baie vitrée explosa en mille morceaux dans un vacarme assourdissant. Il était cerné de toutes parts. Devant lui, Zack, le dragon Toctoc et Fookabec lui barraient le chemin qui menait vers la sortie. Derrière lui, Mistigram n'était pas réapparu, mais la montagne de chaises l'empêchait de remonter au premier étage. Le cochon balaya du regard la grande salle et remarqua une petite porte entrouverte dans un coin du bâtiment. Elle semblait donner sur l'extérieur. Il s'élança dans sa direction, mais lorsqu'il arriva à proximité, il réalisa à son grand désarroi que l'encadrement était bien trop petit pour le laisser passer. Alors qu'il s'apprêtait à affronter le courroux de Zack, le sol se changea soudainement en un échiquier fleuri. Le cochon regarda avec étonnement l'herbe qui lui entourait à présent les pattes, puis redressa la tête. Zack lui faisait face, entre un roi et une reine en bois grandeur nature.

- Reste jouer avec nous ! lui dit-il, tout sourire.

- Oh oui ! Faisons une partie d'échecs ! entendit-il d'une voix mielleuse qui provenait du premier étage.

C'était Mistigram. Il ne criait plus du tout et paraissait même particulièrement enjoué.

Sur la gauche de l'échiquier, le lit d'un ruisseau fit son apparition et se mit à gonfler, en même temps qu'un ilot sableux se formait à ses côtés. Sur la droite, des arbres exotiques et colorés grandissaient en vitesse accélérée.

- Et voici un bel atelier de céramiques ! lança Mistigram de son perchoir, en même temps qu'un établi se matérialisait à deux pas du cochon.

Toute la salle se transformait autour de lui. Au milieu de ce décor mouvant, une odeur de gâteau se fraya un chemin jusqu'à ses narines, suivie dans le même temps d'une mélodie enfantine. Le dragon Toctoc tournoyait sur lui-même en chantant d'une voix fluette, pendant que Fookabec s'approchait de lui avec une part de gâteau joliment dressée dans une assiette en porcelaine.

- Je l'ai préparée rien que pour toi, lui dit-il d'un ton plus obséquieux que jamais, les yeux emplis de tendresse.

La grande porte du musée s'ouvrit à son tour et laissa entrer un flux continu de créatures dansantes, habitées par la musique du dragon Toctoc. Le panda roux d'abord, qui agitait ses petites pattes en rythme sur l'épaule du gros panda, lui-même avançant d'un pas endiablé. Puis le lapin blanc, tournoyant avec son parapluie ouvert, la carpe qui ondulait comme une anguille, l'araignée, radieuse, toutes pattes en l'air, les trois poussins progressant à la manière de culbutos, la sirène, redressée sur son bernard-l'hermite comme sur la proue d'un bateau, le mouton cabriolant dans ses haillons, les autruches froufrous en l'air, les singes trompettes aux lèvres. Ils étaient tous là. Le cochon ne savait plus où donner de la tête. Il n'avait pas vu autant de monde réuni au même endroit depuis sa cérémonie.

Chaque créature avait les yeux grands ouverts et chantait, extatique, des paroles sur la liberté et le bonheur. Le cochon en eut le tournis. Cette image lui renvoyait ce qu'il était il y avait encore seulement quelques heures. Un homme qui avait voulu s'extraire de sa condition humaine et qui s'était retrouvé asservi par son propre désir de divertissement. Il sortit la montre de sa poche et la regarda. Si elle pouvait lui rendre son corps d'homme, peut-être pourrait-il franchir cette porte et s'enfuir ? Mais pour aller où ? Existait-il d'autres personnes comme Pascaline qui étaient parvenues à se soustraire de cette lobotomie généralisée ? Zack s'était avancé et n'était plus qu'à quelques mètres du cochon.

- Donne-moi la montre, lui dit-il d'un ton toujours très bienveillant. Elle ne t'est d'aucune utilité ici. Viens plutôt t'amuser avec nous.

Cette dernière injonction acheva de convaincre le cochon. On lui avait menti, on lui avait volé des mois entiers de sa vie et il ne comptait pas en perdre davantage. Il enfila la montre à son poignet de porc avec difficulté et commença à abaisser le mécanisme. Le visage de Zack devint soudainement blême et son sourire disparut. Il était immobile et ne disait plus rien. Ses yeux fixaient ceux du cochon, d'un air de dire « ne fais pas ça, ne fais surtout pas ça ». Le cochon appuya sur le fermoir et eut à peine le temps d'entendre un petit cliquetis, que la musique s'arrêta net. Il voulut se précipiter vers la sortie, mais se retrouva plongé dans l'obscurité, sans aucune possibilité de bouger. Seul un étrange bip régulier rompait le silence de plomb qui s'était installé.

Après un long moment qui lui parut durer une éternité, Mathieu se rendit compte qu'il avait les yeux fermés. Il parvint à les entrouvrir légèrement et réalisa qu'il n'était plus dans l'atelier de Mistigram. L'échiquier fleuri avait disparu, la rivière s'était évaporée, les créatures volatilisées, Zack n'était plus là. Autour de lui, les murs étaient blancs. Contre l'un d'eux, une petite table de la même couleur était surmontée d'un bouquet de fleurs. Quelque chose semblait posé sur lui, comme une sorte de drap, blanc lui aussi. Il avait l'étrange impression d'être allongé dans un lit qu'il ne voyait pas. Ses yeux, aussi embués que son esprit, l'empêchaient de distinguer quoi que ce soit d'autre.

« Me voilà au paradis » pensa-t-il. Une voix lointaine prononçait des mots, mais il n'entendait pas ce qu'elle disait. Tout à coup, plusieurs personnes se mirent à parler autour de lui, sans qu'il ne parvienne davantage à comprendre le sens de leurs paroles et il perdit connaissance.

Épilogue

Lorsque Mathieu rouvrit les yeux, sa vision s'était améliorée et il reconnut plusieurs personnes autour de lui.

- Il s'est réveillé ! s'enthousiasma une femme d'une soixantaine d'années qui lui tenait la main.

C'était sa mère, les cheveux en bataille et les yeux bouffis par les larmes. Elle portait un tee-shirt rose froissé sur lequel était marqué « I Love Bali » et avait un impressionnant débit de paroles.

Son père, juste derrière, parlait à deux inconnus en blouse blanche. Sur sa droite, derrière une vitre, une petite dizaine de personnes s'agglutinaient pour l'observer. Il reconnut Thibault, quelques amis et de la famille plus ou moins éloignée.

- Comment te sens-tu ? lui demanda sa mère.
- *Ha* va, prononça-t-il péniblement.
- Ce n'est rien, ajouta-t-elle en lui caressant les cheveux. Il faut te réhabituer à parler maintenant. Un an de coma, ce n'est pas rien.

Mathieu poussa un râle d'étonnement.

- Un an … de coma ? répéta-t-il lentement.
- J'étais sûr que tu finirais par te réveiller. On n'a jamais perdu espoir, ajouta son père en s'approchant de lui à son tour.

- J'ai dû ... en rater ... des choses, dit Mathieu, se réhabituant peu à peu l'usage de la parole.

Au fil des heures, ses proches se succédèrent les uns après les autres à son chevet et le mirent au courant de ce qu'il s'était passé en son absence.

Un de ses cousins avait eu un enfant, une amie s'était mariée l'été dernier, d'autres avaient changé de travail, s'étaient séparés, retrouvés ou avaient déménagé. On lui racontait aussi des anecdotes qui le touchaient moins directement, des histoires sur ses collègues, des évènements politiques ou des scandales entre personnalités publiques.

Il retrouva avec délice cet environnement foisonnant de bonnes et mauvaises nouvelles, de moments de passion et d'ennui, d'espoirs et de déceptions.

Trop occupé à redécouvrir son entourage, il ne regarda ni la télévision, ni son téléphone. Si ce long sommeil n'avait eu ne serait-ce qu'une seule utilité, c'était au moins celle de lui avoir fait retrouver le goût des choses simples. L'addiction aux plaisirs passifs de Tame l'avait rendu bien plus vigilant à ceux, tout aussi dangereux, du monde réel.

Après dix jours de convalescence, il fut enfin autorisé à quitter l'établissement. Alors qu'il préparait ses affaires avec ses parents, il se décida à leur parler de Tame.

Mais comment leur expliquer ? Il laissa sa valise de côté et se positionna au milieu de la chambre.

- Vous savez, ce coma ... bredouilla-t-il d'une voix peu assurée.

- Oui ? répondit sa mère qui était en train de vider un placard.

- Ça va vous sembler fou, mais pendant que je dormais, mon esprit était ailleurs. Dans une sorte de monde parallèle …

Ses parents s'interrompirent et se retournèrent vers lui d'un air perplexe.

- Comme si j'étais à Paris, mais dans un Paris différent, poursuivit-il. Tout le monde avait disparu. A la place il n'y avait plus que des animaux. Et ils se comportaient comme des êtres humains.

Sa mère poussa un « oh » d'acquiescement. Elle paraissait comprendre ce dont il parlait.

- C'est normal ça mon chéri. Les docteurs nous avaient prévenus. Tu as beaucoup rêvé pendant que tu étais dans le coma.

- Non ce n'est pas ça. Ce n'était pas un rêve, reprit Mathieu en parlant d'une voix plus assurée. C'était bien réel. Il y avait un petit panda roux qui me guidait partout où j'allais. Il m'a fait rencontrer d'autres animaux, m'a montré leur mode de vie, leurs coutumes, il m'a même appris à voler !

- Un panda roux qui t'a appris à voler, répéta lentement son père en détachant chaque syllabe.

- Oui ! En fait il volait grâce à un gâteau qu'un oiseau en costume distribuait à tout le monde. Il y avait aussi un lapin, une araignée géante, des poussins, …

Mathieu s'interrompit un instant.

- J'ai l'impression de vous perdre là.

Ses parents le fixaient sans rien dire. Il prit une grande inspiration et poursuivit.

- Je vais reprendre au début. Il y a à peu près un an. Un soir comme les autres, je suis parti me coucher et j'ai fait un drôle de rêve. J'étais seul, dans un Paris désertique et je me tourna alors vers le canal. C'était la dernière piste qu'il n'avait pas encore explorée. Il réfléchit un instant à plonger dans l'eau croupie et à se laisser emporter jusqu'à son embouchure, mais finit par juger l'idée trop risquée. Une fois pris dans le courant, dieu seul sait vers quoi il serait embarqué. D'autant plus qu'il risquait de se retrouver coincé au beau milieu de l'évacuation si le tube était trop étroit.

Face à l'impossibilité de quitter cet endroit, le cochon se mit à trembler d'énervement. Il se rassit dans le fauteuil pour tenter de se calmer et entendit un bruit de papier se froisser. Une enveloppe dépassait de son postérieur. Il se leva, la prit entre ses pattes et l'ouvrit de la pointe d'un de ses sabots. L'enveloppe contenait une petite feuille cartonnée sur laquelle étaient inscrits quelques mots :

« Désolée de t'avoir assommé.
Attends-moi ici. Je reviens dans deux jours et je
t'expliquerai tout.
PS : N'essaie pas de partir, c'est impossible.
Signé : Pascaline. »

D'abord surpris par le contenu de la lettre, une colère explosive s'empara de lui. Il se mit à hurler comme un diable en frappant contre la porte grillagée et en insultant Pascaline de tous les noms. Comment avait-elle osé l'assommer ? De quel droit l'avait-elle enfermé ici ? Et elle prévoyait de le séquestrer pendant deux jours ? C'était forcément une blague. Une très mauvaise blague. Cette femme était dangereuse. C'était une anarchiste qui abusait des libertés offertes par Zack.

Confronté à cet emprisonnement, le cochon devint fou. Il se mit à grogner des sons incompréhensibles en boucle dans l'espoir que quelqu'un l'entende et vienne le libérer. Mais rendais à mon travail. D'un coup, deux pandas ont déboulé au loin sur un vélo rouge.

- Ah il y a un deuxième panda ? demanda son père, les yeux légèrement plissés.

- Oui. En plus du petit roux, il y avait aussi un panda géant. J'ai discuté avec le panda roux un moment, puis je me suis réveillé dans mon lit, persuadé d'avoir fait un mauvais rêve. Je suis alors parti travailler, comme à mon habitude, mais le soir venu, je me suis de nouveau retrouvé dans ce rêve étrange.

Les parents de Mathieu l'écoutaient avec attention, mais leur visage trahissait une inquiétude croissante.

- Au fil des nuits, j'ai fini par comprendre que ce n'était pas un rêve. Pendant que je dormais, mon esprit se retrouvait embarqué dans une sorte de réalité alternative extrêmement plaisante ! Tout y semblait plus facile, plus intense, plus vivant et je m'y suis retrouvé piégé. C'est d'ailleurs pour ça que je ne vous appelais plus au téléphone ! Vous vous en souvenez ? Ensuite je me suis transformé en cochon et …

- Les médecins nous ont bien dit qu'il ne se droguait pas, non ? demanda sa mère à son père.

- Non, rien du tout, même pas une goutte d'alcool dans le sang le jour où ils l'ont amené ici.

- Évidemment que je ne me drogue pas ! retorqua Mathieu, piqué au vif. C'est ce monde qui m'a drogué, enivré, anesthésié ! Au début j'ai tenté d'y résister, je ne voulais pas y retourner. Mais à force d'y passer du temps, j'ai fini par y succomber. Ce monde était tellement plus excitant que la réalité. Pourtant tout n'était qu'illusion ! Je me sentais au firmament de mon existence, mais je n'étais plus qu'un pantin écervelé au service de mes pulsions primaires. Vous comprenez ?

Mathieu commençait à s'agacer devant l'absence d'empathie de ses parents.

- Où est mon téléphone ? Je vais vous montrer !

- Il est là, répondit son père en attrapant l'objet posé sur un meuble. Mathieu le lui prit des mains et déverrouilla l'écran avec son visage.

- Mais où est-elle passée ! C'est pas possible ! Elle n'est plus là.

Il cherchait Tame, mais l'application avait disparu de son téléphone. Il avait beau faire des va-et-vient sur l'écran d'accueil, impossible de la retrouver.

- C'est Zack qui est responsable de tout ça ! s'écria-t-il soudainement. Et le dragon Toktok, Mistigram, Fookabec avec son gâteau ! Tout est leur faute !

- Calme-toi, calme-toi, répéta plusieurs fois son père en lui attrapant le bras et en faisant discrètement signe à sa mère d'aller chercher de l'aide.

- Ils sont tous prisonniers de cette application ! Tous les autres, ils sont pris au piège ! poursuivit-il en continuant de crier. Pascaline, Charlotte, il faut les aider !

- Oui on va les aider. Le dragon, le fou à bec, le mistigri. On va les aider, ajouta son père qui ne comprenait pas un traitre mot de ce que racontait Mathieu, mais tentait tant bien que mal d'aller dans son sens.

- Mais non pas du tout ! Ce n'est pas eux qu'il faut aider ! pesta Mathieu. Ah cette maudite application ! Tout est sa faute !

Mathieu reprit son téléphone et se mit à chercher dans l'historique de ses téléchargements.

- Il doit bien en rester une trace quelque part !

Pendant que Mathieu était rivé sur son écran, la porte de la chambre s'ouvrit, dévoilant un médecin et une infirmière.

- Bonjour Mathieu, lança l'homme d'une voix amicale. Alors comme ça toi aussi tu as vu des pandas voler ? Figure-toi qu'hier je me baladais dans un parc et juste devant moi une petite dame donnait à manger à un panda roux. Il picorait les quelques miettes de son pain jeté au sol, puis s'est envolé tranquillement un peu plus loin. Peu de gens le savent, mais c'est tout à fait courant d'en voir à cette période de l'année.

Décontenancé, Mathieu leva les yeux vers le médecin et le dévisagea. Avant même d'avoir pu lui répondre, un petit pincement se fit sentir dans son bras droit. L'infirmière s'était discrètement approchée de lui et venait d'y planter une seringue.

- Ce n'est rien, juste un petit tranquillisant, lui lança-t-elle.
- Mais non … je … dit Mathieu avant de perdre connaissance.

L'effet du produit dura plusieurs heures. Lorsque Mathieu revint à lui, il était allongé dans son lit. La pièce était vide. Tout le monde était parti. Il tenta de se lever, mais une sangle en cuir attachée à son poignet l'en empêchait.

- C'est une blague ! cria-t-il en tirant dessus. Fallait-il que je réussisse à m'échapper de Tame pour qu'on me retienne maintenant captif de cet hôpital ?

L'infirmière ouvrit soudainement la porte de sa chambre, comme si elle avait entendu.

- Pourquoi est-ce que je suis attaché ? lui lança-t-il en tentant de dissimuler son énervement.

L'infirmière ne répondit rien. Elle déplaça deux chaises et un petit meuble qui trainaient à côté de son lit, puis ressortit de la pièce.

- Non ne partez pas ! Répondez-moi ! s'égosilla
Mathieu.

Quelques secondes plus tard, elle réapparut en
poussant un brancard et l'installa à côté du lit de Mathieu.

- Je t'amène une colocataire, lui lança-t-elle, j'espère
que ça ne te dérange pas. De toute façon elle dort comme un
bébé.

Mathieu regarda la femme allongée dans le lit. Il n'en
croyait pas ses yeux.

C'était Charlotte.

Merci de m'avoir lu !

Si cette histoire vous a plu et que vous souhaitez connaître la suite des aventures de Mathieu, n'hésitez pas à me laisser un avis sur Amazon ou Babelio.

Ce livre étant mon premier, cela m'aiderait grandement à obtenir de la visibilité et à poursuivre ce projet littéraire en écrivant un deuxième tome.

D'ici-là, méfiez-vous des mondes sans nuages. Ce ne sont que des chimères.

www.ingramcontent.com/pod-product-compliance
Lightning Source LLC
LaVergne TN
LVHW091703190726
843493LV00001B/120